U0594007

お手に取っていただき
ありがとうございます。

今村 夏子

这里是亚美子

[日] 今村夏子　著

朱娅姣　译

中国友谊出版公司

图书在版编目（ＣＩＰ）数据

这里是亚美子 ／（日）今村夏子著；朱娅姣译．——
北京：中国友谊出版公司，2024.8
　　ISBN 978-7-5057-5832-2

　　Ⅰ．①这… Ⅱ．①今… ②朱… Ⅲ．①短篇小说-小
说集-日本-现代 Ⅳ．①I313.45

中国国家版本馆CIP数据核字(2024)第010162号

著作权合同登记号 图字：01-2024-2565

书名	这里是亚美子
作者	[日] 今村夏子
译者	朱娅姣
出版	中国友谊出版公司
发行	中国友谊出版公司
经销	新华书店
印刷	北京中科印刷有限公司
规格	787毫米×1092毫米 32开
	7.75印张 95千字
版次	2024年8月第1版
印次	2024年8月第1次印刷
书号	ISBN 978-7-5057-5832-2
定价	59.00元
地址	北京市朝阳区西坝河南里17号楼
邮编	100028
电话	(010) 64678009

如发现图书质量问题，可联系调换。质量投诉电话：（010）59799930-601

听到请回答！听到请回答！

这里是亚美子！

目录

こちらあみ子

这里是亚美子

亚美子手里拿着铲子和揉成一团的塑料袋，推开厨房专用后门。好几天了，深夜里总下雨。下过雨的第二天，通往前院的道路泥泞不堪，不得不把鞋底从地面上拔起来才能走。多亏昨儿个一整天天气都很晴朗，今早趿拉着凉鞋走路，没有受到任何阻力。沾在凉鞋边缘的泥巴已经变成干巴巴的灰色，采完堇花后，打算顺便用外头的水管把凉鞋洗一洗。经过带挑檐的房檐，爬上通往屋后菜地的缓坡。走到一半，亚美子注意到斜坡旁种着的一株白色杜鹃花已完全盛开。她在缓坡中间停下脚步，不想要堇花了，想要杜鹃花。但是，没把用来剪掉杜鹃枝叶的花剪带出来，所以，还是想以堇花为目标。

这片斜坡平时杂草丛生，但上周附近寺庙里有和尚说顺便帮着整整，他熟练地操作除草机，把边边角角都修剪了一遍。托和尚的福，修得很干净，看来焕然一新，走路时候也扎脚。和尚带着奶奶手搓的绿团子回去了。

斜坡很短，爬两步就到了。顶部平地上有一片小小的菜园，祖母负责照料它，随季节变化种下黄瓜、鸭儿芹、茄子和萝卜等。春天向初夏过渡时，正是吃荷兰豆的好时节，但最近，早中晚，炖菜烩菜炒菜，所有的菜里都放荷兰豆，亚美子吃腻了。她尽量无视那些稀稀拉拉垂吊下来的黄绿色豆荚，穿过下方，径直走向自然生长的茂盛树丛，走到每隔一年就会结出小小果实的柿子树旁，坐下了。

赤黄色的土壤裸露在外，这里有堇花盛开。柿子树的枝叶遮挡了阳光，因此，这里总是阴暗潮湿。不过，或许是从泥土中吸收的养分特别充足吧，即使日照不好，野生堇花仍然花朵硕大，带着浓烈的紫，正在怒放。亚美子把带来的铲子猛地插进土里，把堇花连根掘起。打算往塑料袋里放时，朝左手一看，皱成一团的塑料袋闭上了。不巧的是，惯用的那只右手握着铲子把儿，腾不开手。只靠笨拙的左手打不开，只能用槽牙跟舌尖来撑开袋子口。虽然花瓣在颤抖，她还是把铲子一起滑进袋子里，让铲子柄冲上，慢慢把铲子抽出来。为了让花茎挺立起来，亚美子用汗津津的双手跟着塑料袋调整泥土和根的位置，"嘿咻"一声站起身来。

沿原路往回走的时候，正好在坡道脚下看到阿崎踩着高跷走过来。虽然离得很远，人比豆粒还小，还看不清轮廓，但肯定是阿崎。时机正好。亚美子喊了一声，挥了挥拿着铲子的手。不知道是没听见声音还是距离太远看不见这边是谁，对方没有任何反应。就算注意到了，阿崎双手紧紧握着高跷，也没法回头。本应稳步朝这边前进，却像原地踏步一样缓慢。

阿崎是住在附近的小学生，每次来亚美子家玩都是踩高跷出场。虽说住得近，但按小孩子的脚力来论，怎么也得花十五分钟以上，阿崎却能一步一个脚印地缩短距离，这让不会踩高跷的亚美子有些吃惊，很佩服她。亚美子请她吃点心喝果汁，摘下养的花当礼物让她带回家，阿崎很高兴。几天前，阿崎说"我想把那朵花带回家"时，是指着田间小路上盛开的毒花说的。说了那朵不可以，阿崎还是在不停地撒娇，很稀奇。她说"那朵黄黄的，好可爱，就想要这朵"，没办法，亚美子只好用花剪剪了四五朵，用报纸包起来，交给她。第二天，阿崎一脸无趣，像遵循仪式一样认真地踩着高跷，来找亚美子。她说，她妈妈生气了。"好脏的花！扔了它！"据说，妈妈是这样说的。"亚美子变成坏人了，对不起。"阿崎说道，她双手合十，低头道歉。亚美子安慰她说，不用在意，毒花是我让你拿的。眉毛成了八字形，频频低头致歉的女孩认为自己对亚美子做了坏事，正在反省。看着她那马上就要哭出来的表情，亚美子想，这次一定要让她妈妈也高兴，得再让她带朵花回去，因此，现在，她给阿崎挖了堇花。

亚美子觉得，必须珍惜朋友。每到休息日，阿崎都会来找亚美子，她一定很喜欢亚美子。亚美子也喜欢阿崎。阿崎说"张嘴"，亚美子就张开嘴。一张嘴，就能看见一口横着的大白牙和几个黑洞，阿崎喜欢看这个。亚美子少了三颗前齿。

准确地说，在亚美子看来，是少了中间两颗门牙中左侧的那颗，左侧的左侧那颗，以及挨着这两颗的那颗。第一次意识到那儿少了三颗牙时，阿崎"哇"了一声，双手捂嘴，笑得满地打滚。之后，她问亚美子"为什么牙齿没了"时，亚美子回答说，初中时一个男孩子揍了她一拳，跑了。阿崎"噫"了一声，吓得向后仰。亚美子告诉她，揍她的男孩叫小范，她小时候超爱小范。眼下，阿崎好像正在单恋足球少年，她想知道，被恋爱对象殴打的感觉是怎样的。

"那个时候，我没能好好跟他说话。虽然有很多话想对他说，可那毕竟是在和奶奶一起生活之前的事了，那时，住在离这里很远的房子里，细节已经忘得差不多了。"

"喊，真无聊。"话是这么说，但阿崎似乎很喜欢亚美子露出牙床上那几个洞，她把脸凑得更近了。这种事，小菜一碟，想看多少次就看多少次。亚美子张开嘴。

1

截至十五岁搬家时，亚美子一直是田中家的长女。她有父有母，还有一个哥哥，哥哥是不良少年。

上小学时，母亲在家里开设了书法教室。原本，这间八张榻榻米大小、带檐廊的日式房间是母亲的卧室。她在房间里铺上红地毯，上面只摆了三张长几案，做出一间狭小又简朴的"教室"。隔壁是佛堂，隔着走廊，对面是厨房和餐桌。教室里的学生们不从大门口进来，而是在檐廊下脱鞋，直接抬脚上教室。这是母亲决定的。从大门口进屋，势必经过佛堂和厨房，那样就会窥见田中一家是怎么生活的。檐廊前的小庭院被当作停车场，停放父亲的车。车子停在小院里时，学生们必须侧身擦着车子从车和水泥墙之间的缝隙走，才能到达脱鞋处。他们在当地小学里念书，书包和手提包上的金属配件多次在父亲那辆藏蓝色的轿车一侧划出一道道白色划痕。对此，父亲并没有抱怨，不知从哪里拿出一管乳膏，挤在一块四方形的海绵上，轻轻擦拭划痕。他告诉亚美子，这叫魔法海绵。被魔法海绵抚过的划痕眼看着逐渐变淡，消失得无影无踪。亚美子央求父亲给她布置使用魔法海绵的任务，每一次，她都是第一个发现划痕的人，并拼命把它抹去。魔法起效了，藏蓝色的车子被擦得锃亮。不过，也有怎么都无法消掉的划痕。用硬物深深刻下的划痕，即使有魔法加持，效果也是有限的——"亚美子是个蠢蛋"，车身上写着这样的话。换个角度看，光线就变了，看起来划痕像是消失了，其实并未彻底抹去。

"再过一会儿就会消失了吧。"亚美子不死心，胳膊发力，用力擦拭了好几次划痕。小学一年级的亚美子只认识自己的名字，后面的"蠢蛋"二字，她不认识。她问父亲怎么读，父亲也只是用指尖推了推眼镜，说："唔，不知道。"

从第二天开始，不管天气怎样，藏蓝色的车身都罩着厚厚的遮雨布。

亚美子失去了消除划痕的喜悦，但从其他事上找到了快乐。偷看书法教室就是其中之一。亚美子把铺着红地毯的房间称为"红房子"，母亲严禁她进入红房子。因此，为了不被发现，只能躲在拉门后偷看，但这也很有趣。一边大声说着"去尿尿"，一边假装去厕所，偷偷走进隔壁佛堂，屏住呼吸不发出声音，用食指撬开两扇拉门，搞出一点点缝隙。只用左眼偷看，首先映入眼帘的是母亲那乌黑的后脑勺，头发紧紧地扎成一束。对面跪坐着一群年龄相仿的孩子，脸朝向亚美子。握着毛笔的学生中，比亚美子大两岁的哥哥也挺直腰板坐在书桌前。除了哥哥，亚美子不认识别的人，但她被大家悄悄说话的样子和墨汁混合在报纸中的气味所吸引，总忍不住想偷看。就这样，被墨汁和报纸的气味包围着，不知为何，催生出了一股尿意，结果，不得不去了好几次厕所。

那个夏天，亚美子和往年一样，一直偷偷站在拉门后，并往返于拉门和厕所之间。

其间，亚美子去了一次厨房，拿起母亲煮好的、当作点心吃的玉米，又回到这边。她站在固定位置，用门牙一颗一颗啃下玉米粒，大口吃着甜玉米。突然，她发现一个学生正在往这边看。那个男孩握着笔，姿势静止不动，眼睛睁得大大的，目不转睛地看着啃玉米的亚美子。咔嗒咔嗒，微微打开的玻璃窗发出响声，傍晚的微风吹进纱窗，拂动男孩那夕阳下闪着光泽的刘海，只有咀嚼黄色玉米粒的超大声音在亚美子耳蜗深处回响。

男孩放下笔，拿起桌上的习字纸，举到比自己脸还高的位置，给她看。纸上写着"米"。字体很漂亮，规规矩矩地落在白纸上，与亚美子的字有天壤之别。

　　可能是毛笔蘸了太多墨汁，最后一笔的落脚处，墨汁慢慢向下滑落，像微笑时嘴角流下来的黑色口水。看着看着，手里的玉米渐渐热起来，长指甲戳进玉米粒里，戳破了皮。甘甜的汁液渗出来，和汗水混在一起，黏糊糊的。与正在使劲的手指相反，模糊的脑壳里满是眼前的男孩。这时，突然有人喊她的名字。

　　"是亚美子！"

　　学生们齐刷刷地抬起头。

　　"老师，亚美子在看呢。"

　　"老师，后面，后面。"

　　一个男孩带着干劲站了起来，手臂伸直，笔尖对着亚美子。母亲那颗黑脑袋一下子转了过来，下一秒，细长的双眼望着这边，顿了一下。

　　母亲慢慢走过来，亚美子抬头看着母亲下巴上的黑痣，理直气壮地说："我不进去，只是看看。"

　　母亲反手合上拉门，深深地叹了一口气，对女儿说："你去那边做作业。"

"啊?"

"啊什么? 走开。"

"亚美子也要练字。"

"不行。"

"要。"

"没做完作业的孩子不能练字。"

"那我就看。"

"不行。好好写完作业,每天去学校上课,跟同学搞好关系,听老师的话,举止得体,做到这些就可以了。你能做到吗? 不在课堂上唱歌,不在课桌上涂鸦,你能做到吗? 不再玩拳击,不再光脚走路,不再扮印度人,你能做到吗? 你能保证不做吗? 你能吗? 你行吗?"母亲只说了这么一段,便转向同学们等在里面的红房子,轻轻拉开拉门,走了进去,"啪"的一声,在亚美子面前合上拉门。

那天之后,又过了很久,她才知道,她在学校里有个同班同学，就是在红房子里看到的男孩子。那个写了"米"字给她看的男孩。亚美子老是逃学，因此，一直没有注意到他。发现是他时，亚美子很兴奋。

"啊，是那个写流口水的字的人。"她指着那个人说。对方睁着圆圆的眼睛看着亚美子，歪了歪头。

事后回想起来，男孩那天或许并不是给亚美子看作品，而是给身为习字老师的母亲看的。亚美子以为那是在热情地注视着自己。只看向自己的目光和旁边那张漂亮的字。课间休息时，亚美子去问班主任，那个人到底是从什么时候开始在这个班上学的。老师告诉她，小范一直都在这个班里，亚美子转学过来之前，他已经在了。亚美子不知道这事。"小范"，亚美子清清楚楚地念了一遍他的名字。

第一次和小范说话是在放学回家的路上，秋天快结束的时候。为了让在外面玩耍的孩子们知道回家的时间，公民馆的老式扩音器里会播放夹着杂音的儿歌

《七个孩子》。

"这里是墓地。亚美子，把拇指藏起来。"

两三步开外，哥哥走在亚美子前头。每次经过墓地，哥哥都会说同样的话。平日里，亚美子会依照指令把大拇指藏起来①，但那天根本顾不上这么做。因为小范走在她身后。她知道，从走出校门开始，小范就走在她身后，隔着一定的距离。亚美子不停地回头，每隔两秒就回头看他一次，确认那个身影。不管看多少次，小范都带着同样的表情，保持同样的距离。那张脸和看到"米"字时一样，清爽的刘海，圆圆的眼睛，紧闭的小嘴，走五六步就能伸手摸到他。"好臭的教堂，亚美子，捏住鼻子。"从破旧的小教堂

---

① 日本民俗。大拇指在日语里写作"親指"，里面包含"親"这个词汇即"双亲"。所以，有种说法是，若在路上遇见灵车或经过墓地，最好把大拇指藏起来，否则，会见不到双亲最后一面或导致双亲英年早逝。此外，也有"无法被超度的灵魂会从大拇指侵入人体"之类的说法。

前走过时，哥哥又像平时一样满腹牢骚。平时，亚美子会回答"好啊"，捂住鼻子，今天，右手却始终垂着。哥哥踢开小石子，回过头去。"喂，你听说那事了吗？喂，小范。"

小范微微一笑，举起一只手。亚美子看看哥哥又看看小范，来回看。"小范，正好，咱们聊聊。"说着，哥哥跑到小范身边。每个礼拜，二人都在红房子里碰面。亚美子想起来了，哥哥和小范都是妈妈的学生。"有件事想拜托你。陪一会儿就好，能不能和我妹一起回去？我要把漫画还给朋友，回来前，你陪她走两步。我马上就回，追上你俩。"他飞快地说完，消失在旁边的一条窄巷子里。

哥哥跑开后，亚美子和小范保持着五六步的距离，对视了几秒钟。夏日傍晚在红房子里见过面后，亚美子和小范再没有单独相处过。从那天傍晚算起，已经过了四个月，回过神来，学校操场上的水龙头里，水已经很凉了。季节逐渐接近冬天。

亚美子转身面对前方，迈出了一大步。双脚并拢停下来后，再次回过头，一看，小范刚好也朝这边踏出一步并停了下来。亚美子又走了两步，回头看，结果，小范也往前走了两步，就静止不动了。亚美子满脸笑容，对着小范说了声"叮——"，转过身去走了十步左右，又回头笑着"叮——"了一声。

　　亚美子重复了好几次。每次回头看，都能看到同一张脸，感受同样近的距离，她很高兴。她来回打量自己在地面上拉得老长的影子和小范的脸，十分沉醉，完全没有注意到周围的景色在发生变化。

　　"叮——"已经"叮"了几次了？

　　"你干吗？"小范开口了。

　　被搭话了。无法抑制的兴奋使亚美子体会到了身体里的东西猛烈迸发出来的感觉。她一边念叨着"叮呀叮呀叮呀叮"，一边单脚蹦蹦跳跳地前进，累了就换一只脚，继续蹦蹦跳跳地前进。失去平衡差点摔倒时，喊着"哎哟哟哟"回头一看，身后一个人也没有。

一片寂静。刚才还能听到《七个孩子》的旋律，不知从何时起，它停住了，连汽车开过的声音都听不见。亚美子独自站在学校走廊那么宽的昏暗道路上。粉色的运动鞋紧贴在铺着茶色泥土的地面上，但那并不是亚美子熟悉的东西，这种颜色的泥土，今天头一次见到。这里是陌生的地方。向两侧望去，白色的围墙没完没了，几块告示牌倚着围墙插在地上。"请勿摘花！请勿摘花！请勿摘花！"所有牌子上都用黑色墨水写着这个，但没看见哪里有花朵绽放。

　　没想到会迷路。亚美子觉得身体动不了了，从脚尖到天灵盖，整个人绷得紧紧的，鞋底紧贴着地面，抬不起脚。就这样，似乎过了很长时间。在寂静的道路中央，亚美子一下子握紧拳头，像石头一样僵硬。这时，远方传来人在泥土地上奔跑的声音。那声音往这边来了，越靠近听起来就越有力。亚美子回过头，静静地转向能听到声音的方向，没想到，脖子以上的部分竟然能顺利转动。脚步声很粗重，咚咚咚，带着响儿，沿着地面传来。亚美子明白，那人马上就会来到面前。她握紧拳头，专注于那道脚步声，等待着。

"原来你在这儿啊！"出现在眼前的是哥哥，"我还在纳闷，你跑哪里去了，找了你好久。"

他的样子，就跟冲破了原以为一望无际的白色围墙狂奔出来似的。大概拼命奔跑来着，哥哥气喘吁吁，四处张望。

"小范呢？去哪里了？"

问了也白搭，亚美子答不上来。一看到哥哥的身影，亚美子心底就热了起来，她被这股炙热吓到，吓得流出眼泪。看到亚美子哭起来，哥哥也没问理由，只是左顾右盼，说，真奇怪啊，小范是回家了吗。

"我在这儿。"

身后传来说话声，亚美子跟哥哥同时回头看，是小范，他正笔直地站在那里。

"喂，你干吗去了？"哥哥问。

"回家，把书包放家里了。"空着手的小范答道。

"吃的什么？"哥哥又问。

"发糕。"

小范嘴里嚼着什么，突然，他又走开了，不知去了哪儿。不过，很快又出现了，两只手各拿着一块发糕，分别递给哥哥和亚美子。

"哭什么？"他瞥了亚美子一眼，却没有问本人，而是问哥哥。

哥哥说了声"不知道"，大口大口地吃起发糕。

"喂，亚美子，别再哭了。"哥哥说。

"不过，只流了几滴眼泪吧。"小范说。

"我妹不怎么爱哭的。"

"哦。"

"这个很好吃，是你妈亲手做的吗？"

"嗯。我说，哭声很小啊。"

"指我妹？很小吗？"

"很小。"

"是吗。真好吃啊这个，再给我一个。"

"有什么伤心事吧？"

"谁知道。"

"完全搞不懂？"

"可能摔了吧。"

"我摔了。"

"我就知道。亚美子，是摔了吧？"

"嗯。"亚美子顺着哥哥说。

小范给的发糕是雪白的，上面撒着切成骰子状小丁的甘薯。亚美子把黄色的甘薯揪下来，把发糕递给哥哥。

得到又甜又香的甘薯，还跟小范间接说上了话——哪怕那根本算不上对话。不过，亚美子觉得，和他关系拉近了一些。要是每天都能和小范一起回家就好了，可是，上下学都要跟哥哥一起走，这是规矩，因此，似乎不大可能实现。原本，兄妹俩平时上学放学这一路就很少有人能参与进来。

"看着妹妹，上下学的路上别让她干坏事"是父母交代给哥哥的使命。对亚美子来说，和哥哥一起上下学是一件很开心的事，但哥哥或许不这样认为。他从不让亚美子牵他的手，还经常说"闭嘴"和"住手"，拉着正在说话的亚美子的胳膊，把她带到民宅的围墙后头，命令她"别动"。此时，哥哥的朋友们大概率会从对面走过来。亚美子必须和哥哥一起躲起来等，等着他们从眼前走过。

"已经走了。"亚美子发出信号。哥哥从围墙里探出头来，环顾四周后，神气活现地往前走，比平时更带劲。可能是过早发出了信号，朋友们发现了他俩。当时，他们不是冲着哥哥，而是冲着亚美子说话。

"出现了！是妹妹，孝太的妹妹。"

"是叫亚美子吧？"

"她直接用手抓营养午餐对吧？"

亚美子有一个习惯，只在配给咖喱饭时才用手抓着吃。她说这叫"模仿印度人"，在家吃饭时也这么干。她一这样，妈妈就会大叫。

妹妹被搭话时也好，朋友们离开后也罢，哥哥均一言不发。经过墓地和教堂时，亚美子像往常一样等着他下命令，可那天，哥哥没有做出相同的抱怨。救护车从身边开过去时，哥哥也没说话。因为哥哥没下命令，亚美子就忘了把大拇指藏起来。她明白，要是不遮住大拇指，会发生某种可怕的事情。从那以后，每次向哥哥发出信号时，她都会稍稍用心，找准时机。

　　有一天傍晚，父亲问亚美子，"从明天开始，孝太不在身边的话，能一个人回家吗？"亚美子盯着动画片，只答了一个"嗯"字。她趴在起居室地板上，正专心看动画片，这时，哥哥过来了，手里拿着果冻和勺子。

　　"给你吧。"他说。

　　画面正好切换到广告，亚美子抬起上半身，接了过来。果冻里满是圆圆的樱桃果实，像红宝石一样。那时候，哥哥最喜欢吃这个。亚美子用勺挖，只把樱桃挖走放进嘴里，说声"多谢款待"，把剩下的还给哥哥。她把视线转回动画片上，边嚼碎柔软的樱桃边下定决心——哥哥不在，那明天就和小范一起回家。

然而，事实是，和小范一起回家的次数还不满两只手。就算大声叫对方的名字，他也会跑开，不知跑去了哪里。又或者，亚美子回家后满脑子都是动画片和点心，完全忘记了小范这个人。不过，有重要事情的时候例外。亚美子会拼命找他并抓住他，同学们围着他俩起哄，二人一起往家走。那时的小范，会把儿童帽的帽檐拉到遮住眼睛的位置，门牙咬着嘴唇。

亚美子十岁生日的第二天也是如此。她抓住帽子死死地扣在脑袋上的小范，把父亲送的礼物、晚饭很好吃、昨晚发生的事一个接一个地讲给他听。

生日那天的饭桌上，亚美子从父亲那儿得到了生日礼物，一套玩具对讲机。这是她沉迷的动画片主人公们的必备道具，两台成一对儿。好早以前，她就缠着父亲要这个。

"这样就能和宝宝玩间谍游戏啦。"说着，她跳起来做欢呼状。

所谓"宝宝"，就是亚美子那即将出生的弟弟或妹妹。父亲又给了她一盒心形巧克力曲奇饼和一盆黄色的花，并说"用这个给宝宝拍很多照片吧"，给了她一台一次性相机，可以连拍二十四张。

亚美子带着感恩，双手接过带着光泽感的绿色包装盒，从各个角度打量了一番。

"可以试试吗?"她问父亲。

"可以呀。"得到许可后，她撕开包装。哥哥教她打开闪光灯，为了拍摄除自己之外的家人，亚美子举起照相机。

"等一下。"母亲说。母亲挺着已经大起来的肚子，从座位上站起来，不知从哪里摸出一面小镜子，一只手拿着镜子，边看边用指尖拨弄刘海。餐桌上瞬间安静下来，父亲把筷子伸向腌黄瓜，往嘴里一放，发出"咯吱咯吱"的咀嚼声。哥哥没有放下双手摆出的"剪刀手"，愉悦的表情滑稽地僵在脸上，等待着。

亚美子隔着镜头注视拼命拨弄刘海的母亲。脸部正中央被小镜子遮住，看不见，只有长在下巴左侧那颗豆粒大小的痣从圆圆的镜子后面露出来。母亲的手指仍在扒拉。亚美子渐渐等得不耐烦，食指失去耐性，忍不住按下快门。闪光灯一亮，母亲立刻从小镜子后面抬起头来，看了看亚美子，马上把脸转向父亲。

"真不敢相信。刚才不是说了要等等吗？"

"嗯？"父亲答道。

亚美子再次举起相机，喊道："刚才是在练习，接下来才是正式拍。我要拍喽！"

"算了，"说着，母亲转过身去，"不用拍了。亚美子，真不用了。"

父亲转向餐桌，无言地拿起木勺，打算吃眼前的蒸鸡蛋。一旁观看的哥哥脸上失去了有趣的表情，比出剪刀手的两根手指缩成一团。

"拍啦拍啦，大家看这边！"亚美子又对家人说。

谁也没有朝她这边看。

"行了，谢谢，亚美子。"说着，母亲从女儿手中拿起相机，放在冰箱上，随后，打开电饭锅的盖子，开始往带着花朵图案的小碗里盛饭。端上来的是亚美子最爱吃的什锦饭，擅长做菜的母亲很清楚家里人都喜欢吃什么。亚美子刚吃了一口，就被香喷喷的酱油味迷住了，大声宣布："亚美子一定要再添一碗！"

不过，亚美子饭量很小，连一碗都吃不下。碗底还剩两三口饭，她就把粉红色的筷子往桌上一丢。母亲想把一盘子炸鸡块放到她面前，这也是她喜欢吃的，她却说"不要了"，单手推开了盘子。随后，她把父亲刚才给的那盒巧克力曲奇放在膝盖上，说"我要吃这个"，兴致勃勃地打开画着大大的心形图案的盒盖。不过，当她把曲奇外头裹的那层巧克力舔干净后，她感觉吃撑了，肚子里塞得满满的，仿佛连呼吸空气都觉得困难。

虽然嘴里说着好难受吃撑了，昨晚却很开心。她想把这一点告诉小范。

"是灰色的。"

"哎，给你看看，看不？"

"可以拉长的。"

"还有照相机。"

"拍了我妈的照片。"

"闪光啦。"

"对讲机，来玩吧。"

"有蚯蚓。"

只是亚美子单方面在讲话，对方既没说"嗯"也没说"哦"，不过，这是常有的事。和同学们在一起时，小范会大声说话，但只要和亚美子单独相处，就会陷入沉默。

"巧克力，还有花。"

"不错吧？"

"以后能拍宝宝照。"

"对——讲——机～"

铃铃铃，自行车上的铃声响起，不认识的阿姨边说"放学啦亚美子"边笑着从二人身边经过。

"我放学啦。"

对着飞驰而去的自行车打招呼的，是小范。和亚美子单独待在一起时，小范总是沉默不语，但如果忽然有大人加入，他就会突然开口说话。

看到面朝自行车打招呼的小范，亚美子心里踏实了。她用力咳嗽了一声，从手提包里拿出一个茶色的盒子。

"吃这个吧。"说着，她把盒子递给他。

"这是什么？"

"说话了！"

"问你呢，这是什么？"

"巧克力。昨天拿到的。"

"生日礼物？"

小范是没说话，但亚美子的话都好好听进去了。

"嗯，给你了。吃吧。"

“我不要。把这东西拿回家，我妈会生气。”

“那现在就吃光。”

“现在？”小范把递到手里的盒子打开，“这叫巧克力？”他噘起嘴说话，伸手拿起小麦色的点心，吃了起来。

“哪里有巧克力？这叫巧克力？不就是曲奇饼吗？”

“很好吃吧？”

“湿乎乎的，潮了。”

“很好吃吧？”

“一般吧，潮了。”

话虽如此，小范还是把一整盒都吃了。吃完后，把空盒子扔到亚美子脚边，还给了她。亚美子心满意足地收起来。挥手告别后，她把方盒夹在腋下，蹦蹦跳跳地回了家。要是哥哥也在场，说不定会说“别胡蹦乱跳的”。

忘了是什么时候，有人说过这样一句话，“亚美子，你可真能蹦跶。”那是一个傍晚，小镇上的一切声音都如梦幻一般从远处传来。抬头一看，屋顶上有从高处飘下来的云，落日余晖照进那里，把平平的云朵映照得金光闪闪。当时，为了摘红色的果实，身穿无袖白色连衣裙的亚美子跳了起来。

亚美子不明白"能蹦跶"是什么意思。只因哥哥笑得很开心，那天，她一直蹦跳着回了家。蹦着走不怎么能前进，她自己也觉得很纳闷。总是在前面多走两三步的哥哥那天却慢悠悠地跟在蹦蹦跳跳的妹妹身后，悠闲迈步。

当时，哥哥脸上也挂着笑容。这画面仿佛奇迹一般，成了遥远的回忆。哥哥变成不良少年后，别说笑容了，印象里，连正经打照面的机会都不怎么有了。

哥哥变成不良少年，这事来得很突然。亚美子只记得他没变成不良少年和变成不良少年之后的样子，中间的部分，她想不起来。不只是哥哥，同一时期，母亲也变了。就像哥哥突然变成不良少年一样，母亲也突然失去了干劲。

2

从亚美子收到对讲机那天算起，大约三个月后，也就是十二月时，母亲挺着大肚子在教书法。学生们想摸肚子，母亲每次都笑着让他们摸。小范把手放在肚皮上，告诉周围的学生"刚刚动啦"。这情景，亚美子在拉门后面看到过。母亲偶尔也会站在厨房里，让亚美子摸一摸。不过，她摸肚皮时，母亲便会脱口而出"摸一下就行了"。因为长时间不让摸，手掌无法接收到婴儿活动的触感，只觉得那是个坚硬的、温暖的、圆圆的东西。亚美子轻轻挠了挠肚皮，问，"宝宝会觉得痒吗？"母亲说，"这个嘛……"说着，母亲露出分不清是高兴还是悲伤的表情。

"亚美子，你要当姐姐啦。"听到这句话的那天，亚美子开心地喊出声。要当姐姐啦、宝宝要来了、一起玩什么游戏、要送什么礼物，从早到晚，她想的全是这些。哥哥也一样。

"男孩好，是个男孩，就一起玩投球接球"，亚美子时常这样讲。她害怕球，所以，不会玩这个，但她得到了一套最厉害的玩具——对讲机。她要和即将出生的弟弟用这台银光闪闪的对讲机玩间谍游戏。她激动不已。

终于到了能玩的日子了，亚美子想先练习一下。她想出去试试，但外头从早上开始就一直在下雨，冷得人几乎要冻僵了，亚美子只能在家里练习。哥哥正在二楼自己的房间里待着，她把两台对讲机中的一台交给哥哥，让他下到一楼。哥哥没有告诉妹妹，今天不过是预产期，不是小宝宝来家里的日子，而且，就算来了，离能用对讲机说话，还要很长一段时间。

"行，明白了。"说着，哥哥接过对讲机，咚咚咚，带着脚步声走下楼梯。这是成为不良少年之前的事。

她竖起耳朵，确认哥哥已经走下楼梯，才按下对讲机的通话键。食指碰到的按钮带着鲜明的触感，亚美子打心眼里喜欢它，恨不得拍手表示欢迎。她深深地吸了一口气，说了值得纪念的第一句话。

"听到请回答！听到请回答！"她呼叫在一楼待命的哥哥。

"……"没人应答。

"听到请回答！这里是亚美子，这里是亚美子，听到请回答！"只听到哗啦哗啦的杂音，还是听不到哥哥的声音。"喂喂？喂喂？喂！"

她耐心地等了一会儿，在"哗——"这刺耳杂音中，她听到了轻微的说话声。那声音是通过对讲机传来的还是自己的耳朵直接捕捉到的，对亚美子来说都无所谓。总之，她听到了哥哥和父亲的说话声。父亲应该陪母亲去医院了呀，可父亲回来了。宝宝生下来了。亚美子原本弯着腰，瞬间，她站了起来，喘着粗气打开房门。

"欢迎回家。宝宝生出来啦？"

亚美子兴高采烈地跑下楼梯，与此同时，大门口的门"嘎啦"一声关上了。只剩下哥哥站在走廊里。

"爸爸在哪儿？"亚美子兴奋地问哥哥。

"回医院了。"

"哦。小宝宝呢？"她左顾右盼，问道。

"……没在这儿。"

"那在哪儿？"

"哪儿都不在。"

哥哥低着头从亚美子身边走过，静静地爬上楼梯，关上自己的房门，右手还紧握着对讲机。

只剩下一个人的走廊又坚硬又冰冷。人在家里，呼出的气却是白色的。"哔——哔——滋啦——滋滋"，只有亚美子的手边吵得不可开交。

　　母亲出院回家那天下着鹅毛大雪。亚美子站在房子外头，一会儿用手抓飘落下来的沉甸甸的雪片，一会儿让冰柱在舌头上融化，等着母亲回家。等了太久太久，母亲坐父亲的车回家时，亚美子本想说句"欢迎回家"，发出的却是上下牙打架的声音。尽管如此，母亲还是明白了。

　　"我回来了。"说着，母亲拉起亚美子的手。亚美子吓了一跳，想要缩回那只手。不过，母亲并没有松开女儿的右手。她上下护住那只手，裹在手心里，小声说："像冰块一样。"

　　被母亲碰触，感觉很怪。此前，母亲从未抱过她，也没有跟她脸贴脸过，没搂过她，也没有拖着她来回走过。倒也没有不舒服，但为什么会突然来摸我呢？亚美子觉得很纳闷，来回打量自己被握住的手和母亲那张苍白的脸。这时，她发现母亲有点缩水了。

像变成了其他东西一样的平平的肚子自不必说，就连下巴上的黑痣也小了一圈。父亲对她说"快进屋吧，别感冒了"，三人一起走向大门口。开门进去之前，母亲一直拉着亚美子的手。她抬起头想再看看母亲，这时，鹅毛大雪刚好落在她眼皮上。她甩甩头，赶紧眨了眨凉飕飕的左眼，头顶上传来"哎呀呀"的声音。

遇见的人都说宝宝这事是件很悲伤的事。走在大街上的哥哥和亚美子被很多人叫住，听了很多次同样的话，比如"真遗憾啊""打起精神来"。每次妹妹都回答"是啊，真的很失望"，哥哥则在旁边低声回答"嗯，唉，好的"。

回到家后，为了让刚从医院回来不能多走动的母亲开心，亚美子忙得很。她表演了自制的连环画小剧场，还把果汁和点心送到房间里。给母亲展示橡皮筋在手指之间瞬间移动的魔术时，母亲要求亚美子教她，所以，亚美子每天都对母亲进行特训。这是她第一次教母亲什么。母亲学会魔术后，就叫来父亲，给他表演。父亲说，"真厉害！亚美子，你跟妈妈可以成为亲子魔术师啦"，并给予热烈掌声。母亲冲亚美子举起一只手，把自己的手心对着她。虽然一时不明白她的意思，但亚美子还是理解了，同样举起了手。母亲的手心和女儿的手心合在一起，发出"啪"的一声。这是亚美子有生以来第一次和人击掌。

雪把道路染成脏兮兮的棕色，它已经完全融化了，这时，母亲来邀她。

"亚美子，我们去散步吧。"

风依然很冷，不过，可能是春天已到的缘故，阳光很温暖。亚美子和母亲悠闲地朝着越靠近绿意就越浓的地方走去。一到河边，亚美子就拼命地摘艾蒿和笔头菜。回过神来，"已经三点了"，母亲说。她在草坪上铺好餐垫，拿出带来的便当布包。饭团捏成了亚美子喜欢的圆筒状，包着切成细丝的海苔。还有维也纳香肠、炒牛蒡丝、通心粉沙拉、煎鸡蛋。用模具把胡萝卜挖成花的形状时，亚美子也帮忙打了下手。

吃着当饭后甜点的草莓时，母亲突然向她道谢：

"亚美子，谢谢你。"

"谢什么？"

"亚美子，你人很好。孝太也很好。你爸爸也是。大家都很好。"

"是吗？"亚美子边说边用手指夹住粘在舌头表面的草莓蒂，从嘴里拿出来，"人好吗？"

"大家都很好，我很高兴啊。"

"哦。"

母亲那原本就细长的眼睛眯得更细了。

亚美子伸手去拿第三个草莓，"人好吗？"

母亲把橘色的塑料筷子重新拿起来，摆到面前。

"这双筷子是孝太送给我的。他说，让我用这双筷子吃好吃的，早点恢复健康。用着孝太送的筷子，和亚美子吃一起做出来的便当，妈妈真的很高兴。"

最近，母亲总是指着自己，管自己叫"妈妈"。第一次见母亲时，明明说的是"我"，一直都"我、我、我"来着。

"我说，亚美子，回家后，用刚才摘的艾蒿给爸爸做天妇罗吧。"

"嗯。"

"你能帮忙吗？"

"嗯。"

"嘻嘻。"

空气渐渐冷了下来，母亲从包里取出毛线毛衣，给亚美子穿上。亚美子想再玩一会儿，就和母亲约好"找到四叶草就回家"，两个人坐在草坪上，一边抓杂草，一边继续聊天。

"差不多该开课了。"妈妈说。

"开吧！"亚美子高高地举起拳头，答道。

田中书法教室临时放假已有三个月。要是重新开课，小范每周都会来家里。当然，去上学就能见到他，不过，就算去了学校，老师们也是天天训斥亚美子。最近，她经常在保健室里睡觉，要么就是在图书室里看漫画，不去上课，用自己的方法打发时间，直到学校放学。最重要的是，小范练字的时候最有魅力。又能看到那个身影了。

"可以看吗？"亚美子问母亲。

她回想起母亲说"不可以"时的表情和声音。然而，眼前的母亲挺起胸膛，说，"哎呀，亚美子，你也要一起练字，就算是妈妈，也不会对你客气哦，你要做好心理准备。"

亚美子吓了一跳，自己竟然也要成为母亲的学生了。她抬头看了看一整天都面带笑容的母亲，寒冷的冬日里，看上去已经变小的黑痣又恢复到了原来的大小，像大颗豆粒一样。每当母亲放声大笑时，黑痣就在下巴上跟着一起摇晃。

母亲决定在四月初重新开放书法教室。

亚美子升上了小学五年级。开学典礼那天，放学前的班会一结束，她就跑到小范班上，告诉他，书法教室又要开课了。

"喂——喂——从今天开始，书法教室开课啦！你听见没——"她兴冲冲地在走廊里喊道。小范低着头。

"喂！怎么又是你啊田中同学。你闹够了没有？班会还没结束呢。"小范的班主任在窗户里头摆出可怕的表情，想让亚美子老实点。

这时，班里有人大声喊道："是亚美子！"

"啊，她刚刚飞吻了！看见了吗？"

"飞吻耶。哇，又飞了一次！是给小范的！"

"小范，咋回事？亚美子是你的小情人？"

小范拼命摇头，大声说着什么。

"你们知道吗？亚美子喜欢的男生是小范！亚美子想跟小范结婚！"

"别说了！大家安静点！"

"唔哦——好、恶、心、哦——"

"喂。"啪唧一声，留和尚头的男生脑袋挨了一巴掌，班里这才安静下来。小范再次低下头，使劲咬着嘴唇，力道大得仿佛门牙要把嘴唇咬破一般。

亚美子按照老师的吩咐规规矩矩地坐在走廊里，等着班会结束。

小范像往常一样用帽檐遮住脸，从教室里走出来。亚美子和他并排，走着走着，四面八方传来起哄似的尖叫声，不过，走出校门后不久，就听不大清了。

在完全听不见起哄声的地方，小范开口了。

"我今天不上书法课。"

"说话了！"

"喂。"小范转过头来，只能看见他的鼻子和嘴巴。

"嗯，知道。我只是说，今天书法教室开课了。不行吗？"

"不用等我。"

"不是，今天，想让你帮我写字。"

为这事，才一直等他下课。

"什么意思？干吗找我写？搞不懂你。"

"那我就告诉你吧。"

"免了。"

"我告诉你吧。"

"不用了。"

话音刚落，帽子扣得太深的小范正面撞上了电线杆。亚美子笑了，小范一只手捂着脑门，转过头来。

"我告诉你，我只是受了妈妈的委托才陪你。妈妈说，'孝太的妹妹是个怪孩子，但不可以欺负她，要是做了什么奇怪的事，一定要提醒她'，所以，我才跟你一起回家。其实我很讨厌你，知道吧？这有什么好笑的？你怎么回事？老师的宝宝都没了，你还笑得出来？"

"宝宝怎么会没了？生了的呀。啊，真有意思。"

"你撒谎！"

"生了的呀，但是死了。"

"那不叫'生了'！"

亚美子第一次见识到话这么多的小范。他只对着自己说话。她既高兴又快乐，笑个不停。

"哎，帮我写字嘛。"她拉了拉小范的袖子，但马上被他甩开了。

"不是说了吗，我今天不练字！"

"你不用练。我带着写字用的东西呢，给。"

亚美子从书包里掏出一块长木牌。今早刚拔回来的，下方细棍儿那部分像新鲜蔬菜一样，沾着泥土。木牌表面什么也没写，但翻转过来另一面写着"请勿摘花！"小范抬起帽檐，圆溜溜的眼睛终于露了出来。

"这牌子是横田家的吧？不是，你在搞什么啊？人家会生气的！"

"你在上面写'弟弟之墓'。"

"你傻了吧？"

"弟弟死了，我想做个墓。"

"你傻了吧！走开！"

那木牌是贺礼，要送给重新经营书法教室的母亲。前天晚上，哥哥跑到正在看电视的亚美子身边，给她看自己做的、样子奇怪的木雕人偶。

"我送妈妈这个，你也送点什么吧。"

亚美子问"送点什么"是指什么，哥哥答，"送什么都行。因为宝宝的事，妈妈不是一直都无精打采的吗？后天，书法教室终于要重新营业了，庆祝一下呗。"

听见"宝宝"二字，亚美子当场就想起来了。妈妈说过，亚美子做的"金鱼墓"和"独角仙之墓"很脏，所以，这次要做一个不脏的、干净的墓。

插在墓前的木牌是之前在陌生道路上看到的。后来才知道，那条路就在小范住的房子的前面。

"拜托了！小范！行行好！"

这几个字，一定要让小范来写。小范的字漂亮，谁也比不上他。低头恳求了好几次，对方就是不点头。

"不要！"

"拜托了拜托了拜托了！一辈子就求你一次！"

"真是的，烦死了！"

"这是给妈妈的贺礼。"

"咦？贺礼？给田中老师的？"

飞快地向前迈步的小范停下了脚步。

"是啊。前天晚上，跟我说'给妈妈送点贺礼'。"

"谁说的？"

"什么？"

"问你呢，谁让你准备墓地的？你爸爸？"

"不是。"

"那就是孝太？"

"嗯。"

小范默默接过木牌和油性笔。

"弟弟之墓"这几个字写得非常漂亮，看多少遍都不腻，拿回家贴上动物贴纸后就更好看了。亚美子陶醉地看了一会儿，走到屋外，朝停车场的一角走去，那里摆着几个栽培青葱的种植箱。青葱旁边，只剩下一个什么也没种的花盆，金鱼和独角仙在里面长眠。地方很挤，但只有那里能让它们躺下。

亚美子走近正在厨房准备晚饭的母亲，对她说：

"来来，有个东西想给你看。"

"啥东西？"母亲微笑着回答。最近，对谁都使用敬语或普通话对话的母亲偶尔也会说起方言。和亚美子的发音不同，她的发音很奇怪，很有趣。

"出去一下。"亚美子拉了拉母亲的衬衫袖子。

"出去？要去外面，得把火关掉。"母亲被亚美子拉着，踩着啪嗒啪嗒的拖鞋声，来到走廊上。"对了，亚美子，今天你没来红房子，你去哪儿了？"

"有点事。"

"我以为你已经不喜欢书法了呢。"

"不会呀，明天会练字的。"

重开书法教室之前，也就是前几天，在空无一人的红房子里，亚美子第一次接受了母亲的书法指导。母亲绕到背后，像要盖住自己那青筋暴起的手一样包住女儿握笔的小手，那只右手。抬起那只手，吸满墨汁，铺笔，顿笔，顿笔，放松……母亲边说边写，一笔一画地、慢慢地写。亚美子不知道自己要写什么字。

母亲自由自在地操纵着亚美子看不见的右手，随意画出黑黑的、湿乎乎的点与线，直线与起伏。与其说它们是文字的笔画，不如说它们是一块块自动在眼前拼装成的拼图。完整拼图长什么样，只有母亲知道。最开始，白纸的上半部分完成了名为"希"的拼图。暂时放下笔，深呼吸，再次拿起笔，反复进行细致的雕刻，终于，亚美子完成了下半部分拼图，"望"。

亚美子回头看了看说出"希望"二字的母亲，那颗痣简直近得能碰到，她吓了一跳，向后一仰。它近在咫尺。

"妈妈最喜欢这个词了。"母亲说。然而，亚美子根本顾不上听这话。

"你去哪儿？"

"这边，这边。"

天快黑了，隔壁家的厨房传来用平底锅猛炒食材的声音。

"这个这个。"亚美子停下脚步指着那里。

"什么"母亲弯下腰，盯着女儿指的方向。

外面有点暗，但还不至于看不清文字。白色的种植箱里，"金鱼墓"和"独角仙墓"并排埋在土里，母亲把脸凑近木牌。她弯着腰，弓着背，亚美子在她身后吹着无声的口哨，等待着母亲的反应。然而，没有任何反应。就被冻结了似的，母亲半蹲着，一动也不动。

"很漂亮吧？"亚美子试着搭话，但母亲头也不回。"哎，很漂亮吧？"

她觉得，她能得到"好厉害""真漂亮"之类的夸奖。

"亲手做的哦，不过，里面没放尸体。"

母亲背对着亚美子，蹲在地上，放声大哭。一开始，亚美子以为她在咳嗽，因为她抬高声音咳了两声。那声音转变成呜咽，很快，就变成了确切的动静。哭声震耳欲聋，哥哥从大门口冲了出来。

"怎么了？妈妈怎么了？亚美子？"

"不知道，突然就哭了。"

"为什么哭？啊，这是什么？"

"哪个？"

"……这是什么？"

"是墓地。"

"这不是小范的字吗！"

"嗯。"

"我回来了。"父亲回家了。

哥哥拿着拔下来的木牌跑到父亲身边，机关枪似的说，怎么能弄这玩意儿？怎么能搞这种恶作剧？父亲只是瞥了一眼木牌，走到蹲在地上哭个不停的母亲身边，想让她站起来，却又作罢，双手伸进她的腋下，把她拖进屋里。隔壁家的大婶从厨房的小窗口探出头来，看着这边。哥哥脸色狰狞地转向大婶，大婶咔嚓一声关上了窗。哥哥没动，盯着小窗看了好一会儿，才慢慢转过身来，小声问话。

"亚美子，是你拜托小范写的吗？"

"是。"

"拜托小范搞这事的是你啊，亚美子？"

"是啊。"

"为什么？"

"小范的字好看。"

"不是问这个。为什么要建墓地呢？"

"弟弟死了，不是该有墓地吗？要为母亲庆贺。"

"妈妈收到这个会高兴吗？"

"不高兴吗？"

"她不是哭了？"

"嗯。不过，真的是突然哭起来的，亚美子什么都没做哦。"

"亚美子。"

"嗯？"

"亚美子。"

"什么事？"

天已经黑了。哥哥一副强忍着肚子疼的表情，嘴一张一合，最终，什么也没说，转身离开了。

几个小时后，小范的父母带着他来到田中家。为了听清小范他们在大门口与父亲的对话，亚美子关掉电视，竖起耳朵。

"哪里哪里""都是小孩子的恶作剧"，在父亲高亢的声音中，亚美子听到小范在抽泣。从小范一家按门铃进来再到出去，哭声一直没有停止。

第二天，红着眼睛的小范踢了亚美子的肚子。

"都是因为你，我才被人骂！"小范说。没人斥责亚美子。从那天起，母亲就没有了干劲。

哥哥突然变成不良少年，也是在那个时期。

有一天，亚美子从外面回来，发现家里很臭。既不是墨汁，也不是报纸，更不是剩菜，是一种新的气味。那气味很不对劲，给人一种"这里不是我家"的感觉。为了找出出现异味的原因，亚美子问母亲，"这是什么味儿？"

母亲集中精力搅拌味噌汤，没有回答亚美子的问题。晚上，亚美子向父亲提出同样的问题，他给出了答案。

"孝太在抽烟吧。"

"咦！"亚美子跑上楼梯，用力撞开哥哥的房门。

哥哥盘腿坐在凌乱的房间里翻看杂志，亚美子双手抓住他 T 恤前襟，逼问他。

"你在抽烟吗？喂，你在抽烟吗？"

"烦死了！"哥哥一把推开亚美子。

"抽烟了吧？爸爸说的。抽烟了吧？难闻。"亚美子爬起来，再次追问。

这次，她被推到屋外，后脑勺撞在木墙上，疼痛感袭来，"好疼！"她叫了一声。

"烦不烦，去死吧！"哥哥大吼一声，当着蹲在走廊上的妹妹的面，狠狠关上了房门。

"不会吧，完蛋了，不良少年。"亚美子双手抱着撞到的后脑勺，呼唤着应该在楼下的父亲，"爸爸！爸爸你来一下！"

父亲没有回答。亚美子想让爸爸训斥哥哥，但她的愿望没能实现。对十二岁就开始吸烟的儿子，父亲只是叮嘱他一定要注意防火。

哥哥加入了当地的暴走族。他只和同伴们交往密切，不再跟亚美子说话了。他几乎不回家，偶尔回来一趟，张嘴就和母亲要钱。他径直闯入红房子，对正在指导学生的母亲说，"钱。"母亲摇了摇头，他一把夺过刚收上来的一信封学费。有一天，在拉门后看到这一幕的亚美子不禁叫了一声"不能拿"。哥哥拿走的学费，就是刚刚小范递给母亲的。由于母亲失去干劲，田中书法教室的学生人数急剧减少，小范是为数不多的几个学生之一。小范来的那天，亚美子就会去偷窥红房子。虽然，照理说，自己也是母亲的学生，但亚美子还是喜欢偷窥。写下"希望"二字之后，亚美子再也没有拿起笔。

"那个不行，拿其他人的！"亚美子突然跑出来抱住哥哥，想要保护学费。跪坐得很标准的小范张着嘴，抬起头。哥哥好像没看到妹妹，其实，亚美子也没看到哥哥。她捶打着哥哥的肚子，眼睛却盯着小范。小范右手握着毛笔，桌上放着习字纸，写在上面的文字是多么美丽啊，亚美子在意得不得了。当然，亚美子就算想制止哥哥手臂也使不上劲，结果，哥哥没有受到任何伤害，就这样离开了。

"啊——唉——"亚美子边说边瞧着小范，他正收拾东西，准备回家。

自那以后，再也没有人来学习书法了。在那之前，亚美子就多次听到学生们议论纷纷，"田中老师又睡着了""田中老师真没干劲啊"。

学堂关闭，亚美子和小范没怎么再碰过面。就这样，小学毕业的日子来到了。亚美子上的这所小学，学生们几乎都升上了同一地区的公立中学。升入初中两个多月后，她才知道小范和自己同班，着实吓了一跳。

3 —

　　去不去上学，完全取决于那天的心情。那时，母亲已经不怎么说话了，所以，也没人对她说"快去上学"或"好好学习"。父亲在亚美子起床前上班，很晚才回家。偶尔会看到父亲在餐桌上摊开报纸，这种时刻，亚美子就会凑到他身边，缠着父亲玩黑白棋或打扑克，可是，父亲从不回应。

　　"孝太来了就玩。"每一次，他都盯着报纸，头也不抬，这么答道。可是，亚美子并不知道哥哥现在到底在哪里，在做什么。

哥哥应该在同一所中学里上学。亚美子上初中一年级的时候，比她大两岁的哥哥在上初中三年级，所以，在学校里擦肩而过也没什么好奇怪的，可不知为什么，从未和哥哥见过面。尽管如此，大家都认识哥哥。

那是开学典礼后不久的事。有一次，亚美子被几个不认识的女孩子叫去厕所，小腿被她们踢了一脚。

"声音很好听。"三四个女生边说边轮番踢她，就在这个时候，另一个女生猛地推开厕所门，走了进来。

"住手！听说，这人是田中学长的妹妹。"

一声令下，围着亚美子的女生们动作都停滞了。她们不再踢她，突然发出温柔的声音。

"抱歉，认错人了""我们不知道这事啊""长得一点都不像""疼吗？不疼吧？应该没那么疼吧？"亚美子点了点头，嗯了一声。"别告诉田中学长啊"，说着，所有人轻轻挥了挥手，走开了。

自那之后，"田中学长"这个人名经常飞入耳朵里。有一次，有同学嘲笑亚美子，说她一直从小学用到初中的、画着一休小和尚的垫板难看，她说，这是哥哥给的，一休的鼻毛是哥哥画的，对方突然沉默了，盯着垫板说："田中学长这涂鸦，画得真好。"

——看，田中学长的……

——可得注意点。

——田中学长那暴脾气。

——是因为亚美子吧？

——欺负这人，田中学长会揍扁你的。

若大家嘴里这身份不明的"田中学长"是指亚美子的哥哥，那么，大家对哥哥的了解，其实比妹妹要多。"田中学长"这个词也从小范嘴里冒了出来。男男女女围成一圈，小范刚说了句"我啊，以前跟田中学长一起学书法"，又打住了。此时，一圈儿人里的一个飞快地说了一句"亚美子在朝这边看"。小范身边总是围着很多人，虽说是同班同学，但亚美子和小范从来没有单独说话的机会。连"跟田中学长一起学书法"

都说了的小范，是想在大家面前讲述发生在红房子里的回忆吗？既然如此，亚美子也想加入大家。

每周都接受母亲指导的小范，即使已升上初中，字依然写得那么漂亮。教室后方的公告栏上贴着全班同学的书法作品，亚美子问他"小范，哪一幅是你的"，小范不理她，于是，她拉住一个路过的男孩，改问他。男孩粗略地看了看贴出来的作品，用手指弹了弹其中一张，发出"哗啦"的声音。白纸上写着"夏至"二字。

"好厉害啊。"亚美子出声说道。

"厉害什么？哪里厉害了？"帮忙指出作品的男孩说。

"好厉害啊。"

"哦，我是不懂。"

"字很漂亮。"

"毕竟你的字丑。"

那时，那里并没有贴出亚美子的作品。可能跟往常一样，她逃课了吧。

男孩指着另一张，"顺便说一下，这张是我的。"

字真丑。亚美子看了看，视线又转回到小范的字上。

一天早上，在二楼房间里睡觉的亚美子被风吹动玻璃门的声音吵醒。

咯吱咯吱咯吱，沙沙沙，垂挂在玻璃门前的窗帘带着白色和淡蓝色的竖条纹，完全没有遮挡夏日强烈阳光的效果。阳光过于刺眼。亚美子眯起眼睛，拿起不响的闹钟，时间已接近十点钟。她在被褥上伸了个懒腰，拨了拨因汗湿贴在脸上的头发，换好去学校穿的衣服，出了家门。

第二天早上，和前天一样，亚美子被风声吵醒。上课时间早过了，但她还是穿着皱巴巴的校服，和昨天一样，脸都没洗就出门了。第三天，风的声音再次叫醒了亚美子。不知道为什么，第四天也是。声音每天都在响。不但早上响，白天和傍晚也响，即使没刮风，也会响。拉开薄薄的窗帘，从玻璃门探出头去，确认狭窄的阳台上究竟怎么回事，只有几个空花盆堆在角落里，没有其他东西。亚美子跑下楼梯，朝厨房走去。厨房里，母亲趴在餐桌上，睡着了。她好像已经没有把长发扎成一束的习惯了。亚美子对着朝四面八方披散的黑发报告此事。

"我听见了奇怪的声音。"

母亲没有抬头。不知她听没听见亚美子的声音，她似乎只把注意力集中在睡觉上。

"哎，明明没人，却能听到奇怪的声音。"

依然没有任何反应。因此，那天，亚美子放弃了。

又一天，亚美子抓着深夜回家的父亲，详细报告此事。

"二楼亚美子睡觉的榻榻米房间的阳台上有奇怪的声音。"

"是吗？"

"嗯，前几天电视上放了，可能是某种幽灵。"

"是吗？那可真吓人。"

"嗯，男的，被幽灵附身了。"

"好可怕好可怕。"

咯噔咯噔，咕嘟，沙沙沙沙沙，布咕布咕。好几天了，这来历不明的怪声不只阳台上有，只要竖起耳朵，无论在哪都能听到。即使用两只食指堵住耳朵，也能听到。上学上课的时候依然能听到。

"能听见吧？"亚美子对同班的女生说，"嘘，你听，就是这个声音。"

女孩皱着眉，"恶心。"

没人愿意和亚美子一起侧耳倾听。这声音，只有她自己能听到，跟在电视上看过的灵异节目一样，只有看得见的人才能看见，只有听得见的人才能听见，其他人意识不到灵魂的存在。亚美子希望它快点消失，可是，越这样想，声音就越响。

忘了是初一还是初二那年，有一天，亚美子摇摇晃晃地走在学校的走廊上，看见小范正迎面走来。好久没见了，所以，可能是初二的时候。小范的头发和个子都长了，变帅了。亚美子走过去和他搭话。

"小范，小范。"

小范避开了亚美子。

"听我说，我家阳台上……"说着，她抓住小范刚刚有意避开的校服袖子，结果，又被他甩开了。小范身边的女生说"好恶心"，男生则拍着手嚷道"快跑快跑，小范快跑"。小范照他说的那样，逃开了。

"快跑！亚美子会追上你哟！"

然而，亚美子并没有追赶小范。她只是呆呆地看着在哄堂大笑的旋涡中以飞快的速度跑过去的小范，看着他的背影。

秋天的夜晚，亚美子把毛毯顶在头上，走下楼梯，打开父母卧室的门。那声音太吵，吵得睡不着。奇怪的声音最常出现在亚美子卧室外侧的阳台上。人在学校的时候，那道似有若无的声音便会响起。只要站在阳台附近，声音会直接钻入耳中。猛地闭上眼睛后，头开始疼了。吃点心、看漫画、看电视、睡午觉，在这些事里见缝插针地做点自己编的体操，不去学校的日子里，这些就是固定流程。可是，即便这样，亚美子的体力还是因为连日睡眠不足消耗掉了。邻座的男生问她"你洗澡了吗"，被人问到，亚美子才注意到自己没洗，甚至连什么时候开始不洗澡都不记得了。

"我就直说了，你身上好臭。"

从听见那声音开始，不仅体力下降，连吃饭洗澡等日常事务都没精力去做。时间也很难把握，经常迟到和缺席。不知多少次，亚美子蓬头垢面好不容易跑到学校，正好赶上放学。然而，为什么没被斥责呢，明明小时候一直被人骂来着。

父母的卧室里一片漆黑，寂静无声。亚美子默默地躺在离门最近的地方。

醒来时，她又回到了熟悉的二楼房间。

毛毯裹住的左肩还残留着被人用力拍过的触感，

那是几个小时前被父亲叫醒时的感受。在朦胧的意识中，亚美子被迫站起身，被迫迈开腿，被迫一步一步踏上楼梯。右脚、左脚、右、左、右。父亲的声音在耳边回响。为了不让半睡半醒的亚美子踩空楼梯，父亲扶着她的身体走到地方，看着女儿躺倒在二楼和室里，关上了拉门。

第二次踏进父母的卧室时，为了避免再次被叫醒，亚美子决定提前做出宣言。

"从今天开始，我要睡这里。"

四张半榻榻米大的卧室里铺着两套被褥，母亲把被子拉到脑袋上，似乎已经睡着了。洗完澡的父亲盘腿坐在被子上，手里拿着毛巾，搓着头发。

"为什么？"父亲询问原因。

亚美子答："不是说过了吗，有幽灵。"

"去孝太的房间睡，很宽敞。"

"那房间很难闻，我不。"

亚美子只在借漫画的时候才屏住呼吸进入哥哥的

房间，事情办完就马上出去。无论何时出入，都见不到哥哥的身影，但被当作烟灰缸的菠萝罐散发出一股又甜又苦的复杂恶臭。

"亚美子，幽灵是一种错觉，你电视看多了。"父亲说。

"不是错觉。"亚美子语调强烈地反驳，说出了一直以来的想法，"可能是弟弟的灵魂。"

父亲揉搓头发的手停住了。

亚美子还在说。

"你看，以前，不是死了个弟弟吗？"

父亲站起身。

"弟弟可能还没升天吧。"

父亲看了一眼蒙着被子睡觉的母亲。

"爸爸？"

父亲走近亚美子，伸出右胳膊，一言不发，用右手手掌推了推亚美子。左侧锁骨附近咚的一声，同样的地方再次被推得咚的一声，两声之后，亚美子的身体已经立在了父母的卧室之外。

"我已经到极限了。"邻座的男孩说。

现在是自习时间，教室里很吵。虽然听不大清，但他不是自言自语，而是在跟亚美子说话。

"不是跟你说了吗，去洗个澡。真要命。"

"哦。"亚美子应了一句，可他大概还有不满意的地方，他用力踢了一脚亚美子的椅子腿。咚的一声，坐着的亚美子随着椅子大幅度倾斜。

"哇，好轻。你可真轻，吃饭不吃啊？"对于这个问题，亚美子摇了摇头。

"得吃啊！瘦干干的，多恶心。"

恶心——上中学时听得最多的一句话。比"早上好"次数还多。

"听好了，你哥已经毕业了，你知道吗？"

亚美子的哥哥毕业了。听他这么一提，亚美子才注意到这个事实。更重要的是，她不明白为什么对方会突然提到哥哥。

"笨蛋！清醒点好吧？你明不明白啊，到去年为止，大家都怕你哥，才对你客气，现在你哥不在了，你这种人，动动手指头就能让你完蛋。老是不来上学，一来就这么臭。我说真的，总有一天，你会被人干掉，你不乐意吧？"

"嗯。"

"嗯什么呀！我是说，你可能会被搞死。你不想这样吧？"

"啊，也没啥。"

"行吧。那至少洗个澡吧？多吃点，吃胖些。"

"嗯。"

"还有，为什么光着脚？室内鞋呢？呃，先不说鞋，你的袜子呢？"

视线前方是亚美子的脚边。好久没来学校了，今早，来学校一看，本该放在鞋柜里的室内鞋不见了。因为没穿袜子，一大早的，她就光着脚。

"没有室内鞋，袜子在家里。"

"噢。那你试试被人踩一脚？疼着呢，会哭哦。我踩了啊。嘿！骗你玩的。要是踩到图钉怎么办？来，试验一下，你试着踩踩，现在就踩。骗你玩的呀，哈哈哈，二傻子！不过，你这样也挺好，感觉象征着自由。嗨，也是被欺凌的象征。"

男孩边盯着亚美子那牛蒡似的脚边说话。他是个话多的人，一句接一句。被他牵着鼻子走的亚美子也想让他听一听暂时没对任何人说过的话。

"阳台上好像有幽灵。"

"啊？"

男孩抬起头，视线从亚美子的脚转移到脸上。

"很久以前就在了。明明没人，却能听到奇怪的声音。"

"什么样的？"

"真的很累人，又吵。"

"不是，我是问，那声音什么样？"

"就，咯噔咯噔，啪沙，咕噜噜，咕咕，啪沙沙，嘟嘟，布咕布咕布咕布咕布咕布咕布咕。"

"烦死了，别叫了！等下，我才发现，你那卷子是什么玩意儿，那个汉字。"话说到一半，男孩突然单手拿起放在亚美子桌上的一张卷子，"'我'这个汉字读 watashi，写时后面不需要再跟假名。你加个'shi'，读的时候不就成了'watashishi'？'朝'这个汉字，左边也给写成了'車'，真吓人。字够丑的。"

这里不行那里也不对，他用手指啪啪弹着卷子，边弹边挑毛病。他双臂交叉，叹了口气，嗯了一声。

"你这脑子，得加把劲儿啊！"

"哦。"

"你从小学开始就完全不学习吧？老是偷懒的话，哪所高中都考不上。"

"嗯。"

"真搞不懂，字怎么能这么丑，你妈可是书法老师啊。哦对，跟这可能没关系，毕竟你没学过书法，一进教室就会被骂，就算只是在后头偷看，你妈也会瞪你。"

"对。"说得很详细，这男孩一清二楚。

"那事我也有责任。现在可以告诉你了，其实，我是在和朋友比赛，看谁先发现你。先叫出'这不是亚美子吗！'谁就赢了，可以得到一百日元。不限于书法教室，学校也行，哪都算上。"

"哦，是吗。"

"可能叫得太多了。"

"你是学书法的学生吗？"

"你不知道我在？你看，我字写得这么好。"男孩边说边递上自己的卷子，上面的字又大又丑。"所谓阳台，是指你们家晾柿子跟衣服的那个，还是另一边窄窄的那个？"

对方突然说起阳台，亚美子便抬起头，从卷子上移开视线。

"什么？"

"幽灵那事。不是说有幽灵吗？"

"什么幽灵？"

"耍我是不是？刚才你不是说了吗？阳台上！"

"啊，是呢。阳台上明明没人，却能听到奇怪的声音，啪沙啪沙啪沙，嘟。"

"我听过。肯定是闹鬼了。"

"那怎么办？"

"我哪里知道。"

代表下课时间到的铃声响了。亚美子拿着空空的书包，走出教室。她光着脚，冰凉的走廊地面贴在脚底上，感觉很舒服。亚美子每走一步，就发出"啪嗒啪嗒"的声音。配合着那个节奏，脑海中开始播放曾经听过的旋律和歌词。休息十分钟后还有课，但亚美子肚子饿了，所以，她决定回家。好久没有体会到肚子饿这种感觉了。

当晚，亚美子唱了歌。是白天在学校走廊里前进时浮现在脑海中的歌。她发现，只要大声歌唱，就听不到幽灵的声音。唱到一半时，父亲走进房间提醒她"小点声唱，妈妈在睡觉呢"，亚美子按他说的降低音量，唱了起来。小声唱歌时，远处传来摩托车的引擎声。不知道一共几辆，摩托车聚在一起，在夜晚的街道上狂奔。声音再小些，边用鼻子哼唱边竖起耳朵听，果然如此。其中一辆特别厉害。那家伙冲在最前面，边发出强有力的吼声边牵引跟在后面的摩托车。大家拼命跟在它后面，生怕自己输了。亚美子也跟着它往前冲。低语般的歌声逐渐变得高亢，被它牵引的时候，它接近自己的时候，歌声就会越来越大。亚美子嚷嚷着，叫喊着，天灵盖似乎要裂开一样。这时，父亲怒吼了一句"亚美子！"她把被子盖在了脑袋上。

从那天起，亚美子就不怎么在意奇怪的声音了。并不是完全听不见，走到阳台旁，听得很清楚，不过，离得远就听不见。以前，无论人在哪儿都能听见那声音。随着走路的节奏，咕噜咕噜啪沙沙的声音也跟着来了。现在，那声音消失了。唱歌有效果，真棒。声音侵入的缝隙可以用歌声给封上。为了随时都能唱歌，在外面走路的时候、上课的时候、待在家里的时候，不管在哪里，都要唱。感冒了声音沙哑也不管不顾地唱。节日的鼓声和星期六晚上的摩托车轰鸣声产生了共鸣。唱着唱着，肚子就饿了，吃完点心后吃面包，吃白色的部分，然后，剥开香蕉皮。浴室里的歌声高亢又嘹亮，让人心情舒畅，亚美子一天洗好几次澡。

又升上一个年级时，亚美子变胖了，人也变干净了。

4 —

　　星期天下午，班主任来到田中家。通常，三方面谈在学校教室里进行，这一次，在家里的厨房进行。改在这儿的原因是，工作日里，父亲无论如何都不能请假。考试成绩、升学方向、模拟考试的结果，哪个话题都没聊。班主任碰都不碰茶和豆沙包，只关心母亲的身体状况。

　　"身体怎么样了？"

　　"哎，病情反反复复的。"父亲答道。

　　"妈妈睡了一整天呢。"亚美子边吃豆沙包边补充，"完全没有干劲啊。"

"住院后，稍微恢复了些，就回来了。不过，这是精神上的问题，环境变了，情况还会恶化。"

"等等，谁住院了？不会是妈妈吧？"

"这样嘛，哎……"

父亲和班主任都不看亚美子，对话是在她头顶上进行的。

"真不容易啊。"班主任低声说道，对话就此终止。把班主任送到大门口后，亚美子又问了父亲一次，问题和刚才一样。

"等等，谁住院了？"

"妈妈。"父亲背对着亚美子回答。

那一刻，亚美子第一次被人告知母亲住院了。

"现在呢？现在还在住院吗？"

"现在在家里。"父亲压低了声音。

"啊，是吗？"

亚美子把视线投向母亲睡觉的方向，佛堂旁的红房子。不知从何时起，父母分了卧室，红房子成了母亲的专用单间。为了不吵醒熟睡的母亲，父亲不但禁止亚美子进入红房子，甚至禁止她进入隔壁的佛堂。三方面谈在厨房进行，也是因为这个。

"现在在家呀。哎，吓了我一跳。"

顺带一提，母亲老是睡觉是因为心理疾病，这话是从父亲嘴里听来的。知道这个的时候，亚美子对这个世界上还有这种病感到吃惊。上了年纪的大人，而且是自己的母亲，不做饭也不打扫卫生，毫无干劲，整天把自己关在房间里不露面。既没有骨折，也没有动手术，只是心情不好。只因为这样，就占领了房间，而且，还能住院。父亲稍稍训斥一下母亲，不也挺好的吗？要是能在某天晚上像父亲推着亚美子那样推呀推的，一边推着母亲的身体一边把她拽到厨房，说不定，母亲的干劲会恢复的。

已经好几年没吃过母亲做的饭了。

"你喜欢吃什么？"

初次见面那天，母亲向年幼的兄妹俩提出这个问题。哥哥回答"肉"，亚美子回答"亚美子也是"。母亲在手中的记事本上写"孝太喜欢肉，亚美子也喜欢肉……"边念边记下兄妹俩爱吃的东西。天花板上吊着的电风扇缓缓转动，在微风的吹拂下，啪啦啪啦，母亲那放在白色桌子上的记事本时不时翻动着。

哥哥和亚美子并排坐着，父亲和母亲坐在对面。亚美子穿件雪白的无袖连衣裙，面前放着盛有热松饼和奶油的盘子，哥哥穿件短袖衬衫，扣子整齐地扣到最上面那颗，哥哥面前放着一大碗牛肉盖饭。这家咖啡店品类丰富，有章鱼烧、牛排、豆沙水果凉粉，妈妈点了三明治，但几乎没动过。

"小百合做饭很好吃。"父亲坐在母亲旁边，边用勺子把牛肉烩饭的浇汁和米饭拌在一起边说。

"还喜欢热松饼。"听亚美子这么说，妈妈微笑着，"是吗？"

亚美子又说了一遍："还喜欢热松饼。"

母亲那细长的眼睛一下子睁大了。她再次拿起放在桌上的记事本，用清晰的声音说："亚美子，还喜欢热松饼。"

"爸爸，我可以点冰淇淋吗？"吃完牛肉盖饭的哥哥说。父亲点了点头，坐在过道一侧的母亲歪着头对走在斜后方的女服务生搭了话。

"麻烦您一下。"

那时，第一次知道母亲的侧脸长什么样。亚美子发现母亲的下巴左侧有一颗黑乎乎的痣。亚美子的视线已经无法从那里移开了。

突然，小腿肚一阵剧痛。"好疼"，她叫了一声，抬头看着坐在旁边的哥哥。

"踢着我了。"亚美子说。哥哥看都不看这边一眼，把挖了香草冰淇淋的勺子塞进嘴里。

走出咖啡店后，父母好像有别的事，亚美子和哥哥决定结伴，步行回家。

"黑痣妖怪。"听完这句话，哥哥脸色很难看，转向亚美子。

"不许在那人面前说这个，爸爸面前也不要提。"

"不是'那人'，是'妈妈'。"

"不许说这事，也不能盯着那人的痣看个没完。"

"不是'那人'，是'妈妈'。"

"是这么称呼。总之，不许说。"

"可是，痣会啪嗒一声掉下来的。"

"不会。"

"会。"

"不会，痣不会掉的。"

"会，前几天掉下来了。"

"啊？"

"去公园的路上，掉了很多。"

"那不是痣，是垃圾或豆子吧？"

"不是，是痣。"

"肯定不是。再说这事，揍你了啊。"

哥哥高声喊道，作势要揍人，可亚美子还在说。她说，没骗你，我去捡回来，刚一转身，双肩就被哥哥按住，拦了下来。

哥哥正面凝视着亚美子的脸，手搭在她肩上，缓缓说道："亚美子，那人是我们的新母亲。"

"是啊，是'妈妈'。"

"所谓的'亲子关系'嘛，就是孩子看到父母的时候——唔，打个比方，你觉得，蝌蚪看到青蛙时，会想'为什么自己的父母是绿色的，还会呱呱叫'吗？"

"谁？"

亚美子听不太懂。为了让她懂，哥哥换了一种方式。他面向这边，摆出鞠躬行礼的姿势，给出一个好角度，亚美子能清楚地看到他的脑袋。

"我的斑秃。"

哥哥用手指拨开自己的短发，露出白色的、十元硬币那么大的斑秃。作为切实看到的信号，亚美子点了点头，嗯了一声。哥哥直起身。

"亚美子，在你眼里，我是什么？是哥哥，还是秃头？"哥哥问。

"是哥哥。"亚美子答。

"没错。那么，亚美子，在你眼里，父亲是什么？是父亲，还是眼镜？"

"是父亲。"亚美子答。

"没错。"哥哥点了点头，"那么，刚才见到的那个人是什么？是母亲，还是痣？"

"是妈妈。"

"没错，就是这么回事。"

哥哥挺起胸膛，嗯嗯两声，点了点头。

然而，妹妹紧接着说"啊，跟那个一样大"，指着高处。

哥哥转向妹妹，深深地叹了口气，"你真的听懂了吗？"

亚美子指的地方有红色的果实在晃动。一户人家的庭院里种着一棵胡颓子，结了好多果实，长长的枝叶直伸到旁边的围墙上。

嘿！亚美子伸出右手，跳了起来。边儿都没摸着。她向哥哥摊开手掌，"失败了"。

嘿！高高跳起。嘿！嘿！跳。嘿哟！嘿咻！嘿！

"嘿哟！"不知何时起，哥哥也跟着一起摘上了果实。

"嘿！"

"不对不对，跳起来再抓就来不及了。你得这样，跳的时候就抓。"哥哥跳得很高。"摘到啦！"他一个落地，在亚美子面前慢慢张开紧握的右手，给她看手心里的东西，"瞧。"

比起站在下面往树上看，离近了一瞧，手心里的胡颓子果实个儿更大。

"亚美子也要试试。嘿！"

"不对，跳的同时抓，像这样。"哥哥的手伸得高高的，细树枝被折断，发出了声音。落地后，哥哥说："看。"

亚美子模仿哥哥挑战了好几次，但都失败了。嘿！嘿！亚美子一直努力到太阳落下，但怎么也够不着。周围的景色从橙色变成清澈的深蓝色时，胡颓子的果实也从红色变成了黑色，亚美子还是两手空空。哗啦哗啦，哥哥把自己摘的果实倒在亚美子手心里，说，"吃吧，很甜。"

　　放进嘴里一尝，很酸。亚美子边喊"好酸好酸好酸"边蹦蹦跳跳，走在身后的哥哥笑着说："亚美子，你可真能蹦跶。"

　　就像父亲在咖啡店里说的那样，母亲做的饭菜很好吃。非要比较的话，比起平时的饮食，亚美子更喜欢吃点心，但现在妈妈不做饭了，她就怀念起白米饭和炒牛蒡丝的味道。不回家的哥哥另当别论，父亲肯定也想吃母亲亲手做的饭菜。

　　"哎，和妈妈说说，让她做饭吧！"

　　三方面谈结束的那天晚上，亚美子试着征求父亲的同意。白天，班主任也坐在这张昏暗的餐桌上，父亲吃乌冬面，亚美子吃乌冬面和面包。听了亚美子的提议，父亲既不赞成也不反对，连筷子都没放下，就提出了另一个话题。

"搬家吧。"

"咦？"

母亲做的饭菜一事飞到了九霄云外，取而代之的是"搬家"这个词。这词的发音使她有些混乱。截至目前，从未有人提起过这件事。突然说起这个，亚美子无法理解。最不明白的就是为什么要搬家。父亲没有详细展开说，歪着碗喝着乌冬面汤。亚美子望着父亲，把面包上白色的部分使劲撕下来。往嘴里塞满面包，看看父亲，嚼嚼面包，又看看父亲，把嘴里那堆黏糊糊的面包咽下去之后，终于想到一个理由。

"我知道了！你们要离婚，对吧？"

"嗯？"父亲答道。肯定是离婚。

又过了几天，父亲把两个箱子交给亚美子。他说，为了搬家，要把需要的东西和不需要的东西分开。需要的东西放进粉色的盒子里，不需要的东西放进纸箱里。活儿非常简单，可不知为何，房间越来越乱，父亲看不下去，休息日过来帮忙，一起分类。

父亲宣称要"两个小时内结束"，不管什么东西都往纸箱里扔。每一次，亚美子都尖叫着跑到纸箱旁，把手伸进里面，非要把躺在箱子底儿的破烂玩意儿抢救出来，整理一事毫无进展。

"这个还能用。"说着，父亲罕见地把一个东西扔进粉色盒子。那东西咔嗒作响，父亲将它收好后，亚美子拿起来看了看。是绿色的一次性相机。

"这个，不要。"

"还有胶卷吧？还能用。"

"不要。"说着，亚美子将它扔进父亲身边的纸箱里。这一次，换成父亲把手伸进纸箱，抓起那东西，扔回粉色盒子里。

"别浪费。只拍过一张吧？还剩二十三张。"

"我说了，不要！"

亚美子瞄准纸箱，猛地把相机扔过去。没能正好飞进箱子，打在侧面上，发出巨大的闷响，滚到榻榻米上。

父亲停下手，看了女儿一会儿，什么也没说，转过身去。他没有再伸手拿相机，只是把眼前的垃圾和破烂按一定速度依次扔进箱子。

随后，当亚美子看到有个东西从父亲手中蹦进纸箱时，她用身体撞过去，一把将那东西抢了下来。

"这个要。"原本是银色的，现在变成了灰色，是对讲机。亚美子单手将对讲机抱在怀里，拼命环顾四周。"还有一个在哪儿？找出另一个。"

对讲机有两台，是套装。她再次撞开父亲，占领那块地方。亚美子把头伸进深深的纸箱里，拨开里面的东西，抓到什么就扔什么。每抓一次，旧的烟花套装和上小学时用过的教科书什么的就飞在半空中，哗啦哗啦，全都散落在榻榻米上。

"没有，找不到。应该还有一个。肯定有，有两个。我想和弟弟玩间谍游戏，才留着它。对，肯定有两个。没有。啊，藏起来了？爸爸，你把它藏起来了吧？"

"咚"的一声，震动传到了膝盖处。父亲攥紧拳头，砸在榻榻米上又落了下来，这一动作造成的冲击，让亚美子停住了手也闭上了嘴。父亲长叹一口气，站起身来，清清楚楚地说了一句话。

"不是弟弟。"

抬头看到父亲的瞬间，亚美子感到不妙。在家里、在学校、在路边，迄今为止，不知有多少这样的面孔对着自己。父亲现在很生气。亚美子思考着这句话的意思。父亲为什么会生气呢？他说，不是弟弟。必须快点思考。父亲已经迈出了第一步，打算离开这个房间。

"是弟弟。"她终于开口了，"肯定是弟弟，死的时候没能升天，现在也是。对了，爸爸，也让你听一听，待在这个房间，能听到幽灵的声音。"

亚美子伸手抓住父亲身上的茶色毛衣下摆，一心想把他拉到阳台边来。尽管用尽了全力，瘦削的父亲还是一动不动。

"来，这边。真的有，相信我。别说话，安静，安静。不是说谎！肯定能听见！"过去，那声音很刺耳，到了关键时刻，反倒听不见了。是歌儿唱多了吗？只有父亲的毛衣被拉长，要是当下不能立刻听见，就没有意义了。

"求你了，安静点。"听见这祈求般的喊叫声，父亲终于回过头来。

从他的表情可以看出，刚才的怒火已经消失了。亚美子松了一口气，同时，手指的力量也缓和下来。解脱了的毛衣像要吸附在父亲身上一样，忽地一下又恢复了原状。亚美子放心了，幽灵那事已经无所谓了。两个人一起坐下，从头开始收拾就好了。

可是，父亲依然站着。他的表情依然不带有愤怒，声音却比平时稍高了一些。

"是妹妹，是个女孩子。"

"什么？"亚美子反问道，"女孩？女孩的幽灵？"

"不是幽灵。亚美子，爸爸现在不是在谈幽灵。"父亲的声音又高了一些，"那是人，是女孩，是婴儿。"

"婴儿？"

"你不明白吧？"

"明白什么？"

"亚美子，你不懂的。"

花了很多时间。起初，亚美子以为父亲指的是幽灵，可是，他说没谈那个。他没说那个，没说是幽灵，没说是弟弟的幽灵或妹妹的幽灵，父亲说的是那时从母亲肚子里出来的婴儿。那个婴儿，一丝亮光都没见过就断了气，那不是亚美子的弟弟。

父亲再次转过身，走了出去。

为什么会认为是弟弟呢？原来是妹妹。没有人告诉过亚美子，还是说，有人告诉过，亚美子却忘了呢？

对了，以前做过墓。做了墓给母亲看，母亲看了之后哭了。

父亲走下楼梯时，安静的脚步声传到耳边，过了一会，就什么也听不见了。衣服、漫画、点心的空盒子，几乎没打开过的教科书和汉字习题，六张榻榻米大小的房间一角又回到了开始整理之前的状态，一台对讲机也躺在角落里。应该还有一台。亚美子做过决定，要和即将出生的婴儿玩间谍游戏。距离"即将出生"一事中断，到底过去多少年了呢？

一、二、三，亚美子掐着手指数着，设想出一个五岁的小女孩。从未见过的女孩，此后也不会再看到的女孩，那女孩没有脸。亚美子试着回想没有脸的脸。察觉到自己正在回想，亚美子有些惊慌。

5 —

二月，一打开保健室的门，伴随着暖炉的热气，出来迎接的是平时那位女老师。

"哦，是亚美子啊！你又来了。"保健室的老师明明是个大婶，说话却像个大叔。"你五音不全，你那歌，我已经听腻了。"

"老师，麦克风借我用一下。"亚美子伸出右手。

"这里是你的专用卡拉OK房吗？"老师边说边把玩具麦克风递给她。她接过来，迅速吸了一口气，开始唱。

"世上没——有鬼，鬼是骗人——的。"亚美子的歌，一直都是这首。

"睡——迷糊的人——看错啦。"她只唱这首。

"可是呀可是呀，我有点……"唱到这里，声音低了下去。

"世上没——有鬼！鬼是骗人——的！"最后，来个大爆发。

"鼓膜要破了。"老师皱起鼻头，双手捂住耳朵。

学校里正在上课。几分钟前，亚美子的班级正在考数学。离交卷时间还早着呢，亚美子就放下了铅笔。她闲得无聊，托着腮哼起歌来。中学毕业后就要搬家了。父亲为还在接受义务教育的女儿选了一个绝好的时机。决定搬家，就意味着定好了升学方向。没有人会对她说"好好学习"，自打都不说这话起，已经过去很久了。寂静的教室里莫名响起哼歌声，有人小声说了句"真吵"。

"田中，到外面唱去。"讲台上监考的老师这么一说，亚美子站了起来。

保健室里，只要没有其他身体不适的学生，不管唱得多么大声，也不会有人生气。点心、果汁、漫画和黑白棋都藏在里面，比在教室里舒服多了。

唱完一曲后，还想接着唱。亚美子重新拿好麦克风，想重复一遍，老师说了句"等等"，一只手的手心对着亚美子的脸，阻止了她，凝视着入口处。

"等一下。怎么了？进来吧。"

有人似乎站在门外，老师招呼那人进来。门和墙壁的缝隙里露出一张苍白的脸，那是一张熟悉的脸。

"小范。"

小范看都不看亚美子。老师向他招手，他却站在门口，一动不动。

"怎么了？"面对老师的提问，他声音沙哑但回答得很清楚，"从早上就觉得不舒服，想到保健室来休息一下，不过，还是算了，我要回教室。"

老师拦住正要离开的小范。

"你都脸色发青了，稍微休息一下也好。亚美子，你能安静一点吗？"

被问话的亚美子用力点了点头，"可以。小范，进来吧。你喝果汁吗？"

小范一言不发，摇摇晃晃地走了进来，在双人沙发上慢慢坐下，双臂放在张开的膝盖上，脑袋深深埋入其中。

"看着很累啊。考试要复习功课，睡眠不足？"

听见老师的问话，小范微微点了点头。亚美子从房间角落的小型冰箱里取出苹果汁，拿起洗好倒扣着的马克杯，倒进去。把它递到小范面前，可他没有反应。她想，要是有点心，小范可能会吃，就问老师有没有甜食。老师在桌子上的抽屉里翻了翻，说，"他应该没什么食欲，不过，饿了就吃点吧"，把一个茶色盒子递给她。

"亚美子，别吃独食啊。"

盒子中央画着金色的心形图案。这盒子，亚美子见过。

"啊，这个我知道，我吃过。"是什么时候的事呢？好像是很久以前的事了。"老师，你也喜欢这个？"

"那是！外边裹的巧克力很好吃，里面的曲奇很硬，也好吃。"

"哦，是吗，我不记得了。"

铃声响起，课间休息时间到了。去厕所的，在教室里走动的，学生们的说话声和脚步声传到走廊上，开始热闹起来。

老师问小范，是在床上躺一会儿还是打算早退，小范选择早退。老师说，要给小范家打电话，离开了保健室。保健室里只剩下亚美子和小范。亚美子没有坐下，而是双手背在身后站着，先眺望了一会儿小范的发旋。淡茶色的干爽发丝，从第一次见面的那天起就没变过。小范坐在沙发上，低着头，一动也不动。亚美子可以从上方看着他，直到心满意足为止。好久没这么近距离地看他了。前年在不同的班级，这次，不知是第几次成为同班同学，刚才也在同一个教室里参加了同一场考试。虽说是同班同学，但两个人完全没有交谈过，座位也离得很远，几乎没有机会与他近距离接触。马上就要毕业了，以后的距离比现在还要遥远。亚美子决定等，等小范一抬头，就告诉他自己要搬家的事。在他抬头之前，她都会等。

炉子发出呼呼的热气声，亚美子听着这声音，心里在无声地呼唤，小范快往这边看啊。她一个劲儿地看他，发现黑色制服的肩膀上沾着白色线头。亚美子屏住呼吸，右臂伸向他肩膀，用拇指和食指捏起线头，扔在地上。小范没有察觉她在做什么。

"线头，帮你拿掉了。"亚美子轻声告诉他，但他没有反应。"小范，早上好。"

对方纹丝不动。亚美子无事可做，就和小范面对面，坐在另一侧的沙发上，伸手去拿放在桌上的点心盒，打开包装，咬了一口茶色的心形饼干。老师说的没错，裹着巧克力的曲奇又硬又好吃。

"啊，真好吃。"她一边咔嚓咔嚓地嚼着一边说给小范听，伸手去拿第二块。

吃第二块时，她用舌头舔了舔外面的巧克力，融化后品了品滋味。把外层舔干净后，里面是圆圆的小麦色曲奇饼。亚美子把它放在桌子上，伸手拿起第三块。第三块也一样，只舔了巧克力。随后，她想起来了，像雾散了一样。她知道这个味道，她吃过，从父亲那里得到过，十岁生日那天。

亚美子站起来，摇了摇小范的肩膀。

"小范快起来，这是你最喜欢吃的点心。来呀，快看，你喜欢吧？"

摇晃他，拍打他，大声和他搭话。即便如此，小范依然不抬头。亚美子想让小范回忆起来。

"小学四年级的时候，放学回家那天，我送过你的吧？生日时收到的巧克力。是吧，小范，你都给吃了。"

然而，小范像岩石一样，一动不动。亚美子放弃了，坐在沙发里。铃声再次响起，学生们在走廊里啪嗒啪嗒奔跑，脚步声在墙的另一边瞬间热闹起来，又安静下来。亚美子拿起带着包装的第四块。保健室里响起拆开包装的沙沙声。正要放进嘴里的时候，小范突然飞快地抬起了头。哗啦一声，耳边响起水中换气般的声音。小范眼睛充血，看着亚美子。亚美子很惊讶，也看着她。

"那叫曲奇饼。"小范说。

声音沙哑，似乎很痛苦。小范看了看亚美子手里那块巧克力曲奇，又看了看桌子上摆放的两块。刚才，亚美子把那两块心形巧克力曲奇变成了圆形曲奇，还湿乎乎的。小范的嘴里发出颤抖的声音，那声音好像在说"那个"，但她听不清楚。过了一会儿，小范正要开口说话，在那个瞬间，亚美子叫了起来。

"喜欢。"

"我杀了你。"几乎同时，小范说出这句话。

"喜欢。"

"我杀了你。"小范又说了一遍。

"喜欢。"

"我杀了你。"

"喜欢小范。"

"我杀了你"一点没用,扎不到任何人。只有亚美子的话具有破坏力。亚美子的话击中了小范,同样,只有亚美子的话击中了亚美子。每喊一次"喜欢"二字,她的心就会毫不留情地碎掉。喜欢,喜欢,喜欢喜欢。小范双眼冒火,烧得通红,他用拳头殴打亚美子的脸时,亚美子终于能喘口气了。

女儿含着黑红色的东西坐在大门口的台阶上,父亲与她四目相对,瞬间脸色发白。他把亚美子拖进刚停好的车里,一言不发,启动了车子。开到一半时(这是去哪儿?我想回家),亚美子在父亲那几乎令人怀疑换了个人的粗鲁的怒骂声中闭了嘴。父亲对女儿说"别说话",女儿就照做了。车快得像坐过山车。

父亲无视红绿灯，差点撞到一个骑自行车的女孩。印象中，他连安全带都没系，就开到了医院。

亚美子在嘴唇左上方即闭上嘴时正好碰到虎牙的地方缝了三针。即使用指尖在皮肤上摸索，也无法确认下面有凸起的虎牙。左边的一颗虎牙，紧挨着它的那颗牙，以及更靠外的那颗，就是被称为门牙的两颗中的其中一颗，在保健室里带着血一起飞走了。

到底挨了几拳，她没数，但次数应该不算多。不可思议的是，挨打的过程中并没有感到疼痛。先走出保健室的是小范。他忽然停住了，放下揍人的手，最后说了句什么，就跑开了。保健室的老师还没回来。没过多久，被扔下的亚美子也离开了保健室。

不想回教室。从教学楼一楼朝南的保健室走到鞋柜只需要十步，从鞋柜旁穿过正门，大约走了三十步，其间没遇到任何人。回家的路上，佝偻着腰的老大爷配合着亚美子蹒跚的步伐转动着脑袋，用拐杖支撑身体，站在那里，目不转睛地看她，但什么也没说。一个牵着小狗的年轻女人问"你怎么了？没事吧？"亚美子拔腿就跑。"你怎么了？等等！"身后传来女人的声音。亚美子没回头，因为有狗。那狗一边狂叫一边咬亚美子。她气喘吁吁地打开大门口的门，那里的高度刚好适合坐下。亚美子把纸巾揉成一团塞进嘴里，一直等着父亲回来。

处理完伤口后，她哭了。回去的车上，她又哭了。

"好疼，想住院。"本想对父亲说这句，但只能发出低沉的呻吟声。

（爸爸，我想住院啊。）

"先不要说话。"父亲的语气跟平时没什么两样。

（哎，妈妈住院了吧？那亚美子也可以住院吧？）

"先不要说话。"

（太过分了，只有妈妈能住院。）

深夜的道路很空。父亲和亚美子都系上安全带，和周围车辆保持相同的速度行驶。开着开着，有红灯，停车，有绿灯，开动。到底发生了什么事，父亲一句都没问。在医院被问到这个问题时，他替无法说话的亚美子解释："我想，是摔倒的时候撞到了哪个角上，待会儿问问她本人。"

大概是舒缓且舒适的震动加止痛药开始起作用了，不一会儿，亚美子被一种敷衍了事的沉重感包围，像天灵盖上顶着三张坐垫似的，想甩掉但又嫌麻烦，有种自暴自弃的感觉。就这样吧，跟父亲回家，住院那事就算了，现在只想钻进自己的被窝里睡觉。羡慕从早到晚都裹在松软的棉被里的人。此刻，她肯定躺在铺着红地毯的房间里，静静地发出鼾声，不知道自己的女儿流了血，也不知道女儿失去了牙齿。

母亲在亚美子面前隐藏了自己。从失去干劲的那一天开始，好几年里，母亲的生存目标就是不让亚美子发现自己的行动。渐渐地，女儿连母亲的表情都想不起来了。浮现在眼前的只有黑痣。笑的时候、生气的时候、哭的时候、写字的时候、吃饭的时候，母亲那颗大黑豆似的痣似乎随时都有可能掉下来。第一次看见它的时候，它的大小看起来和胡颓子的果实差不多。不过，那肯定是因为亚美子的身体比较娇小。在日常生活中，亚美子知道了痣是不会掉下来的，但不知为何，她唯独对母亲那颗痣特别执着。

哥哥说过，如果是一家人，就不应该这么执着。

离拆线还有四天。拆线后，又过了三天，亚美子恢复了，和之前一样能说话了。缝针后的皮肤很紧绷，偶尔还会流口水，不过，她并不觉得有什么地方不方便。主治医生说，三颗牙并没有完全脱落，牙根还在，可以做假牙。不过，亚美子很喜欢用舌尖舔，感受牙龈和孔洞的凹凸不平。反反复复舔过之后，这成了她的新嗜好。她告诉主治医生，她已经不需要牙齿了。

6

一个晴朗的早晨，亚美子盖上粉色盒子的盖子。搬家的行李轻得一只手就能拿起来。摇了摇，里面发出咔嚓咔嚓的闷响。下个月搬，离真搬还有很长一段时间，亚美子已经准备就绪。

她在榻榻米上跪着移动，找到一个被冬日暖阳淡淡照射到的白色空间，躺了下来。垃圾和破烂占了房间的一大半地方，一到生活垃圾收集日，亚美子就和父亲一起搬运，在家里和垃圾场之间跑了好几趟才勉强收拾干净。手边只剩下几件内衣和衣服，两支铅笔，垫板，三个钥匙圈，一台对讲机，一套新牙膏牙刷，一条旧手帕。

脚边的电暖炉太热了，亚美子想要远离它。扭着腰往反方向躲时，她突然听到了那个声音。啪沙，咕噜噜噜，咯哒。她坐起身，用一只手捂住嘴，竖起耳朵听。果然，隔着一扇玻璃窗，声音是从脑袋旁边的阳台上传来的。想唱歌。习惯了，这种时刻，就想唱歌。她张开嘴，吸了一口气，忽然，嗓子眼里像被堵住了似的，很难受。瞬间，亚美子有点不知所措。

咔嚓咔嚓咔嚓，咕噜噜，布咕布咕，沙沙，窗外的声音越来越大。

发不出声音。不只声音，声音和呼吸都憋得慌。亚美子无法呼吸，她搞不清自己是想吸气还是想吐气。她以为是幽灵在作祟。她仍然相信幽灵是存在的。事到如今，已经搞不清楚那是什么样的幽灵了，即使知道，也没办法做墓。弄了墓，就会有人流泪。亚美子没有什么能做的。蜷缩起来的身体在榻榻米上微微晃动，声音摇晃着亚美子。随着阳台传来的声音，自己的心脏也被深深撞击着。胸口难受，无法呼吸，晃动频率越来越大，整个人都站不起来，巨大的音量袭来。

要死了，亚美子心想。念头刚一划过，她那混乱的脑仁忽然意识到了一件事。

那不是阳台上传来的声音，也不是自己的心跳声。此刻，不知从哪儿又传来了另一个声音。排除幽灵作祟和心跳声，回过神来，才发现这声音是最吵的。就是这个声音。震耳欲聋的轰鸣声席卷亚美子的脑袋和身体，撼动整个房间。他带着惊人的气势从远处冲过来，叫嚷着，闹腾着，拳打脚踢，把侵袭亚美子的所有杂音都踏平了。它踏平了一切。

那是星期六夜晚的声音。每逢周末的夜晚，就会听到这激烈又疯狂的引擎声。不考虑给别人带来的麻烦，猛安威风随心所欲，几乎不露面。

突然，声音安静下来，引擎轰鸣声停止了。亚美子的嘴唇抖个不停，她吸气，呼气，能呼吸了。她伸出双手，把粉色的盒子拉过来，拿起盖子放到一边，一只手轻轻地从里面拿出一台黑乎乎的玩具。想说话。试着按下圆圆的黄色按钮，贴在耳边，按理说，应该能听到"哔——哔——"的声音，可是，什么也没听见。尽管如此，亚美子第一次说出了心里话。

"听到请回答！听到请回答！这里是亚美子。"

没有人应答，也没有来自任何空间的应答。

"听到请回答！听到请回答！这里是亚美子，这里是亚美子，听到请回答！"不管呼叫多少次，都没有应答。

"喂？喂？能听见吗？我叫亚美子。"她决定一个人说话。

"爸爸和妈妈要离婚了。亚美子要和爸爸搬出去，马上就要离开这个家了，和邻居也要说再见了。"

说归说，邻居的脸，一个都想不起来。

"和小范也说了再见。小范哭了，前几天哭了。哭了呢。他不让我告诉别人，我也没对任何人说他哭过。"

那天，被揍了之后，亚美子就没再去过学校。她对着没电的对讲机啊了两声，深深地叹了口气，用舌尖舔了舔已是个洞的牙龈。

"跟你讲，那是个妹妹，不是弟弟。为什么没有人告诉我呢？总是对亚美子保密，大家肯定都在对亚美子保密吧。"

对讲机很热，手上汗津津的。六张榻榻米大小的房间里充满了同学们的笑声。还以为是怎么回事呢，原来，当时亚美子在哭。她一哭，大家就笑了，说她哭的样子很奇怪，指着她哈哈大笑。不过，自己哭的样子真那么有趣吗？自己也搞不清楚是不是。

"啊——"

真的很有趣吗？

"啊——有幽灵。现在也在闹鬼，我没办法了。"

话音刚落，耳朵就捕捉到了碎片般的话语。那声音从失去功能的对讲机深处传来，第一次回应了亚美子。事情发生在一瞬间。那人用非常低沉的声音小声说了一句"啊？"。

亚美咽了一口唾沫，又说了一遍。

"……屋子里有幽灵，就在阳台上。"说到这里，一阵恐惧感突然涌上心头，停都停不下来。"怎么办？好可怕好可怕！我好怕啊！好可怕好可怕好可怕好可怕！太可怕了太可怕了，救救我啊哥哥！"

惊雷一般的声音传到脚边，"哗啦"的一声，房间的拉门被拉开了。抬头一看，门外站着一个狮子模样的人。面对张大了嘴的亚美子，威严挺立的"狮子"轻轻点了点头，随后，大步走进房间。

二人不是第一次见面，这一点，亚美子早就知道了。自打出生，自己就跟他很熟，但无论如何都无法结缘。所以，她认为，这个人就该是这样。沐浴着冬日阳光，在闪闪发光的尘埃中，脸上写着"我就是最强大的动物"这表情，这人不是别人，正是田中学长。

田中学长从亚美子面前走过，把手搭在玻璃门的把手上。亚美子坐在榻榻米上，望着田中学长那金色的鬓毛和那件满是艰深汉字的豪华衣服。随后，和拉门一样，他猛地朝一边推，打开玻璃门，紧接着，咣当，咔嚓。田中学长把叠在一起的花盆踢烂了。亚美子发出惊叫，与此同时，一个黑色的物体带着啪沙啪沙啪沙的声音，从玻璃门外掠过。

是只鸟。不知道是什么鸟，还没来得及确认，它就振翅飞走了。亚美子匍匐前进，爬到玻璃门边，战战兢兢地把头探出门外。冷风拍打着额头，她望着被砸烂的花盆。恰好在田中学长俯视的视线尽头，那里有一个巢，大小跟亚美子张开的两只手掌差不多。鸟儿把巢筑在花盆后面，藏了起来。和小时候看过的绘本一模一样，鸟巢正中央有三个小小的蛋，它们紧挨着。亚美子用沙哑的声音"哇"了一声，为了看得更清楚，把脸凑了过去。什么时候在这儿安家的呢，好小啊，要出生了。想对蛋说很多话，话语涌上心头，心跳加速。刚刚从眼前飞过的那只鸟是你们的母亲吗？不用担心，它很快就会回来的，这个阳台就是你们的家。别害怕，放心。亚美子朝鸟蛋伸出右手，想轻轻摸一下。然而，指尖就要碰到鸟巢时，一只伤痕累累的大手拦住了她。啊，回过神来，已经晚了。田中学长猛地用右手抓住鸟巢，鸟蛋也算上，连锅端。短促且干燥的声音响起，一根小树枝从粗大的指缝间掉落下来。学长单手捏着鸟巢和三个鸟蛋，仰望着远方的天空。亚美子也跟着看了看天空，下下一秒，学长动了。

"呀吼！"

随着一声呐喊，鸟巢被扔了出去。亚美子连叫都叫不出来，目光追随着被高高地抛向天空的鸟巢和鸟蛋。

亚美子眼都不眨，视线一直追随着它们，直到它们在冬日的澄澈天空下之最高处四分五裂，各奔东西。

教室后方的公告栏上贴满了同学们的书法作品。

没有亚美子的。可能那天她休息。没看见小范的身影，亚美子问路过的男孩小范的作品是哪一幅。

"又来了。"

说着，男孩用手指弹了弹某幅作品，纸上写着"金凤花"。

"每次都问小范的字是哪一张，你这家伙，还挺专一的。"说着，男孩笑了。

"怎么读？"亚美子问。

"kinpouge。"他回答。

"咦，好怪。这是姓？"她又问了一句。对方迟疑片刻，把脸转向这边。

"喂，你是在问'鸢尾'吗？'怎么读'，莫非指的是'鸢尾'？"他一脸惊讶，盯着亚美子。

"读 washio？"

"这就是你最喜欢的小范啊！"

"kinpouge 呢？"

"笨蛋，'金凤花'是这三个字，是花的名字。"

从未听过这种花。花的名字旁边，写着"三年级三班鸢尾佳范"。小学一、二年级，初中一年级，甚至初中三年都是同班同学，在名册上看到过好几次小范的名字，但对于老是逃学的亚美子来说，那些汉字太难了。明明有印象却读不出来。不过，她已经决定了。亚美子想要搞清楚怎么读。

"顺便提一句，这是我的名字。能读吗？能读吧？能吧？"告知亚美子小范的名字怎么读的男孩指着一幅作品问道。那幅字又大又丑。亚美子忙着在嘴里重复小范的姓，没回答男孩的问题。鸢尾佳范。比田中学长衣服上的汉字好懂些。

"终于要毕业了。"

男孩还没走，小声说道。刚开始，他打算吹口哨，又立刻停住了，开始哼歌。是听过的旋律。亚美子张张嘴，也想一起唱，不过，也马上就停住了。"你要上高中吗？"男孩问。第一次被人问到这个问题。

"不上。"

"哦。那打算干啥？"

"春假的时候搬到奶奶家去，我想和奶奶一起种桃子。"奶奶家就是父亲的妈妈那儿。奶奶是个温柔的人，行动缓慢。

"你要上高中吗？"

"上啊。棒球队推荐我了，所以，我要去仙台的高中。不错吧？"

"挺好。"

"你要是学习再认真一点就能上高中了。"

"能去吗？"

"能啊。"

"是吗？"

"是啊。"

"不可能吧。"

"喂！"

"什么？"

"怎么不能？能去。"

"是吗？"亚美子嘟囔了一句。

"不过说真的，我跟你相处也蛮久的了，终于到了各奔东西的时候啦。"

亚美子无法理解"相处蛮久"是什么意思，她抬起头，仔细端详对方的脸。对方留着光头，虽然是冬天，却晒得黑黑的。个子高皮肤黑的"和尚"看起来都是同一张脸。

"你嘛，就是那种人，看来你很了解我啊。"亚美子指着和尚头说道。

"你啥意思？你也挺了解我的吧？"

"不了解。"

"灭了你。"说着，和尚头笑了，被人讲"灭了你"的亚美子也笑了。"你眼里只有鸢尾。就算那家伙讨厌你讨厌得不行，你还是不长记性。从小学开始就一直这样，你可真厉害。"和尚头边说边拍了拍亚美子的肩膀。

亚美子问和尚头，"我很讨厌吗？"

光头瞬间沉默了，不过，立刻笑起来。

"不是讨厌，应该叫纠缠不清吧。"

"我哪里让人讨厌？"

"让人讨厌的地方？大概有一百亿个吧。"

"嗯。哪里？"

"一百亿个？你想让我从头开始数？还是在纸上列个表？"

"从第一条开始说，都告诉我。不是说我讨厌吗？具体是哪里？"

"哪里？这个嘛……"

"嗯。"

笑嘻嘻的和尚头一脸正经，严肃起来。见他这样，亚美子明白，自己的认真态度已经告知对方。她再次看着他的眼睛。

"告诉我。"

和尚头的视线没有从亚美子身上移开，短暂的沉默后，他终于说了句"这个嘛"，随后，他带着严肃的表情，把话说完，"这个嘛，是我一个人的秘密。"

表情很严肃，眼神却游移不定。因此，亚美子开始搜寻合适的词汇。对着这双眼睛，说点什么都可以。想对他温柔些，这想法很强烈。想法一上来，就觉得很悲伤，并且，找不到合适的语言。亚美子什么也说不出来。

父亲并没有说谎。他问亚美子要不要搬家，但没说过要一起搬，也没说要离婚。

亚美子忘记了很多人，有些人甚至连名字都不知道。

"就算毕业了，也不要忘了我啊。"

当时，和尚头轻轻拍了拍亚美子的肩膀，如此说道。不等亚美子回答，他就走出了教室。亚美子心想，还好没有与他约定"不会忘记"，事实就是，已经完全忘记了他。

初夏时节，在奶奶家的院子里等待踩着高跷来的朋友时，亚美子正盯着看不出前进迹象只是微微摇晃的影子瞧，突然有人喊她的名字，她吓了一跳。叫的是"阿美"。

"阿美，阿美。"

装着堇花的袋子掉在地上，亚美子又吓了一跳。不过，既然被人喊了，就得应一声。她应了声，朝叫她的奶奶所在的房子走去。走到一半，她有些在意，回头看了看，立刻转过身向前迈步。不要紧。那孩子暂时还不会到这里来。

ピクニック

野餐

店里还没正式营业，不过，一个女人正慢慢走下楼梯，朝位于地下的入口处走去。"穿旱冰鞋的比基尼小姐姐接客"——打着这宣传标语的 Roller Garden 几乎不会有女客上门，这人肯定是来面试的，想打工。进了带便门的小巷并走过拐角时，瑠美她们这样想。

　　打卡时探头朝办公室瞧了一眼，近距离看到和经理面对面坐着的女人，这想法便得到了证实。没错，是新来的洗碗工。

　　傍晚五点，离开门营业还有两个小时，以瑠美为首的主力成员已经上班了，这是有原因的。今天是上舞蹈课的日子，每周一次，全员参加。说是上课，并未请讲师上门，只是同伴们相互确认平时练习的动作和舞姿，没什么大毛病就解散。对此感到新奇遂走进店里的客人多半看上十分钟就厌倦了，因而，客人对晚九点开始的舞蹈秀期待颇高。然而，舞台上的女孩们不管跳多久都不会脱衣服。那些伴着十年前流行的电影音乐转圈圈并懒洋洋地上下晃动胳膊的人，与方才应对客人追加点单要啤酒的女服务生是同一拨人。她们甚至不是专业的舞蹈演员。客人的视线再次转向桌上的食物和饮料。

这样的 Roller Garden 之所以受人喜爱，可列举的理由包括上桌的饭菜味道好和饮料的价格便宜。虽然多少有点偏离经理制订的商业战略，但生意兴隆这一点是不变的。眼下是早春，必须确保人手充足，以应对七八月的繁忙。

那女人自称七濑。

七濑，多关照哈——瑠美她们站在舞台上向她致意。七濑以成熟女人的姿态说了句"请多多关照"，随后，深深鞠了一躬。她的胸非常大，但很难说美，腹部左侧有被蚊虫叮咬过的红色印记。或许是注意到了舞台上直勾勾地盯着自己的视线，七濑脸红了。

"我这身打扮，很怪吧？"

"没有的事，很适合你""我们也穿这个，你看，大家穿得都一样"，瑠美他们这么一说，七濑报以"谢谢"二字，客气地行了一礼。七濑不是负责洗碗的人。

后来，大家听说了，说是本人希望被分配到厨房，所以来面试。虽然当场就被录用了，但不知为何，拿到的制服和瑠美他们一样，也是红色比基尼。

"得把女孩子的人头数给凑齐呀。"经理这样对瑠美她们解释。最近，经理刚刚被老婆抛弃。

虽然已不算女孩，但也没到能当瑠美她妈的年龄，七濑大概介于两者之间吧。问她"你多大"，她回"秘密"，问"结婚了吗"，她答"还没有"，问"有男朋友吗"，答"嗯，有"，问"男朋友多大"，答"三十三岁"，问"男朋友是干什么的"，答"是艺人"。

七濑嘴里冒出一个名字，知名搞笑艺人。听到这个名字，休息室里的工作人员全都回过头来。"真有意思""详细展开说说嘛""你和他什么时候认识的？在哪里认识的？怎么认识的？因为什么契机开始交往的？"

应前辈们的要求，七濑开始讲。首先，从那条河讲起。

"那条河入围了'名水百选'。虽说现在只能看见几条鱼的影子，但在他小的时候，山女鳟和红点鲑都在河里游来游去，徒手就能抓到。山女鳟和红点鲑，大家都知道吧？"

都是鱼呗，有人回答。

"是鱼。"七濑点点头，"他还养过日本大鲵，当宠物养，这说法大概没人会信，不过，他就是在那么干净的河畔出生并长大的。"

她说，一入秋，河畔地带就被彼岸花装点得一片通红，大城市里见不到的、羽毛青橙相间的野鸟在此盘旋，火红的夕阳在山的另一边渐渐落下。下过大雨的第二天，还是小学生的他会在涨潮的河里清洗做晚饭时要用到的土豆。

"虽说要洗，但也不必用手搓，只要攥紧茎部，把果实浸泡在河里就行了，因为水流很急，几秒钟就能把块茎上的泥洗掉。洗完之后，该洗自己的运动鞋了。一整天都在山野里跑，脚上都是泥。他不穿袜子。他向来如此，下次，请在看电视时确认一下。为了尽快把鞋洗干净，他坐在河边，直接把两只脚伸进河水里。结果，不一会儿，一只鞋就被水流带走了。他的母亲给正在长身体的儿子穿了一双尺码稍大的运动鞋。他赶紧站起身，拼命追赶渐渐远离视线的鞋子，在湿滑的河边尽全力奔跑。可是，跑着跑着，他摔倒了。真可怜，他被树根绊倒了。等到双手撑在草地上抬起头时，他心爱的运动鞋已经被河水吞没了。"

七濑叹了口气，拿起放在桌上的纸杯，喝了一口咖啡。那不是七濑的咖啡，但谁也没说什么。

"河水拥着那一只运动鞋，径直南下，溅起水花，反复汇合，又反复分流，渐渐变得浑浊。流到这条不夜城时，基本就成废水了，会被排除。尽管如此，河水还是来到了广阔的河口。照理说，它会在这儿注入平静的大海，这就是河流的命运。可是，他的运动鞋既没有随波逐流到达黑暗的海底，也没有被冲上满地破烂的沙地。那只运动鞋竟然躺在城市西侧的一个街角里，一个站在水渠边上的少女发现了它。"

　　也就是说，那位少女就是七濑。

　　当时，七濑十二岁，为了捕捞附近鱼塘里不小心被放跑的锦鲤，紧握着捕虫网的杆子站在河边，无意中捞起了从上游漂过来的茶色运动鞋。鞋在草地上滚了一圈，她仔细看了看鞋边的橡胶部分，上面用黑色油性笔写着"春元气"。作为全家的顶梁柱，母亲去邻镇的温泉打工，给员工们做饭，用赚来的工资买下这双尺码略大的鞋子。

　　"五岁时，他父亲因病去世了。他十分清楚，自家的经济条件谈不上宽裕，打算把这双运动鞋穿到烂为止。他没法跟妈妈说'再给我买双新的吧'，再说，鞋也没法回到脚上，便琢磨着至少得想个办法让自己不挨骂。思来想去，他决定用油性马克笔在自己的左脚上勾勒出一只运动鞋的轮廓。脚背上的弧线、侧面四根线条、洗也洗不掉的泥渍、被橡胶裹住的脚尖和写着自己名字的位置，他把有印象的特征都画上，最后，忍住痒痒，在脚底画了无数根横线，完工。第二天一早，他说了声'我走啦'准备出门，妈妈从后方揪住儿子的衣领，问他'鞋呢'，他答'这不穿着嘛'，指了指左脚。妈妈一眼就看见了那双画在脚上的'运动鞋'。看呀，他边说边抬脚给妈妈看他的掌心，那里写着'23.0'，字怪丑的。过了片刻，一声'笨蛋！'响起，与此同时，妈妈的巴掌照着他左侧太阳穴挥来。果然，这样不行啊，还是道歉吧。这样想着，他抬起头。不知为什么，妈妈低头看着他，一脸笑容。他在心里振臂高呼，太阳穴旁的痛感瞬间消失。当时，妈妈一边说'你个笨蛋'一边笑个不停。可以说，母亲那副姿态，正是构成如今的他的一种契机。"

"……"

"大家明白吗，就是说，十二岁的我用捕虫网捞起了他的'根'。"

自那晚以来，刚好过去一年。回头看看，瑠美她们那时很稚嫩。不单岁数增加了一年，这一年间，她们也看清了许多事。比如七濑的秉性。她会把凉了的饺子和炖南瓜装在大保鲜盒里，带到公司来，分给大家吃。她会自制心形巧克力，在勤劳感谢日说着"一直以来非常感谢大家的照顾"把巧克力分发给店里的员工们。她这人有点怪，但并不坏。真要说起来，她算是个好人。

唯一的问题是，她已经入职一年了，却从未穿过旱冰鞋。瑠美她们热情指导过，但并不奏效，七濑的旱冰鞋早在数月前就躺在鞋柜的角落里，在吃灰。她那画着草莓图案的专用化妆包倒是从不离身，里面装着膏药、消毒液、降温喷雾和创口贴。问她为什么带这些，她说"要是前辈们摔倒受伤的话能用得上"，真是个细心的后辈。

顺便提一下，若说十二岁的七濑捞起他的运动鞋后采取了怎样的行动，那就是，她看了一会儿便下了判断，认为它是"没用的东西"，把它扔回了水渠。当时，七濑根本不知道世界上有他这么个人，这也是理所当然的。谁能想到，这会是自己未来恋人的"根"呢？

"当时，我什么都没想。"七濑自己也这么说，"不过，后来，我注意到了他。"

所谓"后来"，指的是十年之后。七濑二十三岁那年，在自家公寓的房间里听说书人主持深夜电台节目时，刚从艺人养成学校毕业半年的新人出场了，开始做自我介绍。

"我是春元气！"那男的说。春元气？春元

气……他说，自己的名字很怪，却是真名。听他提起长大的城市，七濑意识到他们是老乡。出生年月日、尊敬的人、孩童时光怎样度过，这些轶事是他走上艺人这条路的契机。听着听着，七濑脑海中掠过某样东西。可是，那不太可能。毕竟，她从未听说过他小时候常去玩耍的那条河。不过，他的声音真好听啊，清透却又质感十足的低音。第二天，七濑骑自行车前往区役所隔壁的图书馆。展开地图后，先找到流经自己家那条街的河，把指尖放在那里。这条河是整片街区所有水渠的源头。从这条河向北回溯。手指沿着最粗的那条线走，合着起伏的线条一路追寻，终于连上了。

弄丢鞋子的那条河随着路线不断南下，河的名字也更改过两次。

第二周，七濑又裹在被子里听深夜电台节目。收听电台节目是七濑的习惯，初中就开始听了，并非刻意为之。因此，春元气连续两周都出现在节目里，这出乎她的意料。

他朗读了寄送到节目组的邮件和明信片，附和着节目主持人即说书人的话题，鼓掌，放声大笑。第二天，七濑给节目组寄去一张明信片。

"节目嘉宾春元气，你好。上小学时，我在附近的河里捡到了你弄丢的鞋子！但我把它扔了……对不起。P.S 你的声音很好听。"

第二周，春元气亲口朗读了这封明信片。读完后，他带着愉悦的笑声说，"七濑，谢谢你。总觉得，我好像跟你很有缘啊。"说书人也插了句嘴，说，这故事可真浪漫啊，捡鞋子什么的，跟灰姑娘一样嘛。

"好！决定了。我要和她结婚！"

"彼此还不知道对方长什么样，突然，他就说要和我结婚！我也吓了一大跳，下意识地关掉了收音机。不过，又立马打开了，哈哈。"七濑这样回忆当时的情景。

第三周，七濑又往节目组寄了明信片。

"我也认为这是命运的安排。我想，我和你之间是有连接的。"

他读了明信片。

"七濑连着两周寄来明信片，谢谢。我会加油的。为了能养得起你，我一定会功成名就，让你瞧瞧。"

七濑第三次寄出的明信片没有被朗读，第四次也是。

第五次寄出明信片后，他直接打来了电话。感谢你一直支持我，请和我交往吧。

"好像说的是'请和我见一面吧'……大概是这句？"

七濑双臂交叉架在胸前，歪着脑袋，一脸认真，盯着休息室的天花板。天花板的一角被香烟的烟油子熏成了焦褐色。

"也有可能说的是'请和我结婚吧'。总之，以那通电话为契机，我们开始交往了。"

彼时，他还没见过自己的求婚对象长什么样子。

当然，七濑也不知道他长什么样。他还没火到能登上艺人名录，他的工作也只是在电台节目里打打下手，未曾在杂志或电视上露过脸。七濑迈开双腿，亲自去见他。

"那是隆冬季节。"

那天，天上飘着细雪。七濑顶着严寒，直挺挺地站在东京广播电台的大门口。他披着一件紫色的羽绒服，出来迎接。分明一次都没见过，他们却互相注意到了对方。

和七濑交往后，他的运气直线上升。首先，之前打下手的那档电台节目，主持人即那位说书人因向未成年少女买春被捕，他被叫去救场当主持，做节目时，他那轻松明快的语调和即兴模仿的能力受到了认可。次月，之前那档节目停播，同一天同一时间段，他开始主持只属于他的节目。同一时期，电视节目的邀约也时不时找上门来，从深夜综艺节目到电视剧配角，还有美食鉴赏节目。傍晚播出的生活类小节目里，他带着一群中年主妇，单手握麦克风，在商店街上缓步前行，节目每周播出一次。他的家乡曾因萤火虫而闻名，如今，他高中毕业前生活过的小镇因他而广为人知。离开故乡后的第十六年，和七濑以结婚为前提开始交往的第十四年，在旁人看来，他的人生似乎一帆风顺。诚然，连他自己也没有意识到，可以称作"底层时代"的那段时期已经成了过去式。不过，这并不代表他只是在攀附好运，而是说，他也曾埋头钻研，致力于解决眼前的难题，顺其自然，才走到今天这一步。当然，他描绘过自己将来会变成什么样子，有过诸多想象，但并未拥有能称之为明确目标的东西。这东西与过去和未来无关。七濑说，他曾说过，不管是上电视、上广播还是取悦大众，他都全力以赴，每一个瞬间都要彻底释放出力量，这是他的信条。关于他的这些轶事，都是从七濑口中听说的。

今年春天，他接到一份新工作。是个连播多年的王牌节目，连白天睡觉傍晚起床的瑠美她们都知道。他竟然要在周三出演，成为常驻嘉宾。

进入四月后，第一个星期三，七濑邀请以瑠美为首的员工们到自己的公寓来，大家在 201 室集合。

若在平时，这个时间段，大家还在熟睡。瑠美她们素面朝天，头发乱蓬蓬的，上下身都是尼龙材质的运动服。七濑一如既往，带着温和的笑容迎接她们。

"早上好。"

"早啊。"她们拉开门口那扇薄薄的木皮门，走了进来。

"有没有人吃早饭呀？"

背后传来七濑的声音，所有人都举起一只手，没有回头。进了大门走三步，就是昏暗的灶台，穿过灶台，走到放着电视机的起居室。仿佛自来熟一样，瑠美她们立刻在榻榻米上盘腿坐下，看了看自己的脚心。不出所料，脚底沾上了各式各样的东西。橡皮筋、小夹子、饼干渣，用手指弹开什么东西的碎屑，碎屑便飞到榻榻米上。脚底变干净后，昏昏欲睡的大脑逐渐清醒过来。之前也来过这间公寓，来了好多次，每次都是深夜或一大早来，挂在窗前的藏青色窗帘紧闭着。今天，窗帘拉开了。一拉开窗帘，就能清楚地看见房间里的样子。荧光灯上垂下来一段长长的塑料绳，它是唯一一件带着光泽感的物件。七濑的住处脏兮兮的。

"久等了。"

七濑左右手各抱着一只不锈钢碗，单脚轻轻拨开通往起居室的玻璃门，瑠美她们正等着。不管是和爸妈吵架离家出走的深夜，还是宿醉后把胃里的东西吐个精光的清晨，抑或是像今天这样晴空万里的白天，这家端出来的饭菜，大概不会有任何变化。大家都清楚这一点，很放心。两只碗里都是水煮蛋。毕竟，瑠美她们说了，不用特地亲自下厨。七濑把碗放在桌子上，起身回到厨房。不一会儿，她拿来了瓶装水，还有按人数来的纸杯。袋装小圆面包、食盐、酱油和蛋黄酱也都拿来了，顺序一如往日。

瑠美她们剥开热乎乎的鸡蛋壳，撒上盐，大口吃面包，打开瓶装水的瓶盖后直接对嘴喝。大家各随己愿，享用着七濑准备的早餐。这段时间里，七濑在干什么呢？她端坐在电视机前，仔细检查预约录像的流程是否有问题。

"四月六日，星期三。"她边说边指着屏幕，"各位，这里是星期三吧？不是星期四，对吧？"

"看不清楚。"

"就是这里，看见了吗？"

"能看见。四月六日星期三。"

"不是星期四，对吧？"

"嗯，不是星期四。"

"中午十二点整分到晚上零点五十八分。"

"电视的时钟是准的？"

"对，准的。"

时间是上午十一点四十八分，离他出场还有十二分钟。七濑把遥控器放在榻榻米上，双手紧紧握住身上穿的粉色半身裙。舔舔沾着盐的指尖或把鸡蛋壳往榻榻米上一扫，时间就到了。不知是从哪里传来的，半开着的窗外隐约响起提示正午到来的铃声，它来得更早。紧接着，轻快的音乐响起，电视上出现了橙色标题，充斥着整个屏幕。

瑠美她们很久没有仔细看这个节目了。从主持人的出场方式到主题音乐，感觉上，和以前没有任何变化。主持人的脸和名字以特写的形式出现后，嘉宾们的脸和名字随字幕依次出现。轮到最后一个人时，主持人对着手中的麦克风说，"首秀哦，从今天开始，他就是我们的新伙伴了。"

是春元气，他笑着挥了挥手。

欢呼声从节目开始就没停过，现在，更加激烈了。表情失控的主持人朝观众席喊着安静安静，他的笑容也没停过。他对着镜头稍稍低了低头，动作可爱。他一只手靠近翘起的唇角，又啪地一下拿开，做了个飞吻，还抛了个媚眼。

"哇——"

电视里的欢呼声近乎尖叫。阿春，阿春，观众席传来呼喊他名字的声音，声音不绝于耳。他带着笑容，继续挥手。

"哎，你看到了吗？"

"看到了看到了。"

从这儿到他所在的摄影棚距离很远，车程大约两个小时。在这小镇一角，人们也因为他而闹腾起来。闹腾的人是瑠美她们。

"真棒！厉害啊，太棒了！七濑！"

她们用力拍打着七濑的肩膀，绕到她正面，盯着她看。

"跟你说得一样呢，真的太棒啦，太好了。"

"我会难为情的。"七濑两颊微红。

镜头会按顺序拍摄每个嘉宾，最后一个是我，然后，我会对着你飞吻，还会抛媚眼——这是他向恋人七濑发出的爱的信号。

可能因为第一天出场吧，节目总共一小时，他的出场时间大概只有十分钟，只是对很久以前的社会新闻做了些不痛不痒的评论。电视屏幕上播放片尾主题曲时，有人轻声说，"他是不是有点儿紧张呀？"

"是有点儿。"七濑回过头，答道，"你说的没错，我也正在想，元气他和平时有点不一样。"七濑称呼他的方式和普通粉丝不一样，"元气的紧张心情，被周围的嘉宾和观众看在了眼里。"

乍看之下并不觉得，其实，他是个很敏感的人。他认为，虽说自己是搞笑艺人，但不能说些蠢话伤害到对方。据说，他有一本绝密的大学笔记，以五十音的顺序排列，记录了各个艺人的名字。名字旁边，他亲笔写下该人喜欢的食物、喜欢的音乐、喜欢的电影、恋爱经历、家庭结构、出生地、禁忌话题等个人信息，记录得很详细。他绝对不会带着这笔记本出门，而是把它收在自家衣柜抽屉的最里面，为了不被偷，还上了锁。这笔记本，谁也没见过，当然，这都是听七濑说的。活生生的他是什么样的，瑠美她们一无所知。

瑠美她们所认识的他，是店内休息室里一直开着的小型电视机里的他。明明已经三十多岁了，却把头发染成明亮的茶色，穿着十几岁孩子穿的衣服，长得像松鼠。在店里工作的大部分女孩，只要看到他出现在画面中，就会露出笑容。虽然从十二英寸的电视画面上完全看不出来，但他有细心好学的一面。接到通知在白天的现场直播中做常驻嘉宾时，他那敏感的内心掠过一丝不安，主持那个节目的大牌主持人到底会不会喜欢自己呢？他十分消极。至少，第一天，他没能让主持人展露笑容。今晚回家后，他一定会重读秘密笔记，在下周之前重新研究趋势和对策吧。"我也要一起想。"七濑也说。

那天晚上，不穿旱冰鞋的七濑依然光着脚在楼层里奔跑。七濑说，与其穿鞋，不如调岗去洗碗，经理却说，光着脚也没关系。光着脚的七濑很有干劲。她能端着十二个啤酒杯穿过紫色灯光照射下泛着白光的椰子树，赢得了上班族们的喝彩，也能右手端一盘炸薯条，左手端一碗萝卜沙拉，头上顶着摆满腌黄瓜的平底托盘，送到正在等待的那桌客人那儿。不过，这里的卖点是旱冰鞋，就算能搬五十个啤酒杯，七濑的时薪也比瑠美她们低二百日元，但比洗碗工的时薪高。她本人说过，时薪和工作内容保持现在的水平就可以了。据说，男朋友也讲过，让七濑别穿旱冰鞋，因为会滑倒，会受伤。

瑠美她们时薪高，这也意味着与危险相伴。

撞在椰子树上摔倒，女孩们撞在一起摔倒，练习舞蹈时摔倒，正式表演时也会摔倒。这天，到常备急救套装的七濑这儿来的伤者只有一位，十分罕见。

有个脑子不怎么样的客人故意伸脚把她绊倒了。她手上拿着菜单，因此，没有酿成大祸。不过，女孩怪可怜的，膝盖擦破了。

打烊后，衣帽间里，七濑从带着草莓图案的化妆包里拿出一管软膏。蹲在比自己小一轮多的前辈面前，一边往渗出血的膝盖上涂药膏一边问："疼吗？会不会麻麻的？"

她把尺寸最大的创口贴贴在对方伤口上，再次取出刚刚塞进化妆包的软膏，这一次，涂在了自己的左腹上。

自打进店以来，七濑身上这块蚊虫叮咬的痕迹就一直没有消失。她用食指不停揉搓，把白色软膏画圈似地涂在那里。仔细一看，轮廓模糊的一圈红斑确实比一年前更大了。

有人推荐了一款能够有效止痒的软膏。听了这话，七濑抬起头，露出微笑，"谢谢，不过，这个并不痒哦。"

一个星期过去了，又到了周三中午。和上周一样，瑠美她们围坐的桌子边，摆好早餐后，七濑在电视机前挺直腰板正襟危坐，宽大又健硕的背影和画面中的他一样紧张。小圆面包和煮鸡蛋，她碰都不碰。节目中途切换到广告，七濑依然端坐在电视机前，一言不发，一动不动。赞助商的名字依次出现在屏幕上时，有人打了个大大的哈欠。

　　"为什么不做那个？"

　　七濑盯着屏幕喃喃自语，也不知道是在对谁说。那是接吻和眨眼？有人问，"那个"是指飞吻和抛媚眼？她说，不是，是模仿河马。

　　"上周，我和元气去了动物园，听到了河马的叫声，他当场就学会了模仿河马，'嗷——嗷——'这样。那场面非常有趣，所以，我建议他上电视节目时也做做看，肯定受欢迎。特别是那个主持人，一定会喜欢这场面。可是，他没做。"

"嗯。"

"其实，前天的广播节目里已经做了。他的小助理和工作人员都笑疯了。知道吗？大家都听了吗？那期广播。虽然只有声音也很有趣，不过，还是想让你们看看他喊'噢'时候的脸。那表情可怪了，根本认不出那是元气啦，哈哈哈，对不起。"

"有这么好笑吗？"

七濑笑嘻嘻地点了点头："嗯，好笑。"

"我也想看——"

"我也想给各位看看的。"

"下周要能模仿一下就好了呢。"

"是啊。"

为了见住在远方的恋人，七濑会定期乘巴士前往东京。一般都是当天往返，当晚就来店里上班的情况也有。据说，那个能听河马叫声的动物园，也是趁上周六拍摄电视节目的间隙去的。

当然也有住一晚再回来的时候。印象里，上个月的约会就是这样。二人去了海边的公园，坐了摩天轮，吃了甜甜圈，他对她说，你再长胖点也没关系。看电影，逛街购物，吃中国菜，住刚开张的、一晚上要五万日元的酒店。七濑坐周一早上开往东京的巴士，周二白天回到这边。傍晚，她从家步行，花三十分钟来到职场上，没有流露出半分约会后的疲倦神态，给瑠美她们讲述了约会的过程。

"请假过去，却总是空手而归，真不好意思。"七濑说。不过，瑠美她们完全不在意。往返的巴士车票不是一笔小数目，应该没有闲钱再买东京特产。

也没有照片。虽然二人约会过多次，但绝对不会拍纪念照。讨厌照片，是因为拍照效果比本人还难看，所以，总是固执拒绝的那个人不是他，而是七濑。幸运的是，二人一次都没有被周刊杂志拍到过。

他似乎忘记了和恋人的约定，下一周，再下一周，都没有在镜头前模仿河马。每一次，七濑都在电视机前垂头丧气，不过，随着节目播放次数的增加，他的紧张感确实在逐渐缓解。从第一次出场到现在，已经过去了两个月，白天的电视画面上也出现了他的表情，就像深夜综艺节目里经常看到的他那样，一脸轻松。

两人去动物园约会是在四月初。在全国各地相继宣布入梅的六月中旬，为了让独自生活的母亲看看自己精神饱满的模样，孝顺的他当天就回了一趟老家。他强行从密集的日程安排中挤出几个小时。虽说是同乡，但他没有时间再按定期去他的恋人居住的城市。

他已经三年没见母亲了。看到在大门口处挥手迎接的母亲，他同样带着笑挥了挥手，内心却遭受了窒息般的打击。母亲是这样的矮个子来着？根本就是个老婆婆啊。当然，他不会当着母亲的面说这话。不过，他在周三正午开始的电视直播中吐露了这一点。

嘉宾们依次公布"最近最令人震惊的事"时，排在最后一个的他提起上周难得见母亲一面这事，说起了她的老去。说完，他竖起一根手指。

"啊，还有一件事。"

回老家时，他在家附近的河边散步。小时候，这里有很多鱼在游，现在一条也看不见了。他带着落寞望着河面，这时，放在夹克口袋里的手机响了。按下通话键，正要把手机拿到耳边时，手机瞬间从手上滑了下来。在湿漉漉的草地上滚了一圈后，手机掉进了正在眼前流淌的河水中。眼看着手机离自己越来越远，他心里一片茫然。望着这场面，他回想起以前也有过类似的经历。把重要的东西掉进河里，这是第二次。

他在电视上说了这件事。第二天，七濑在国道旁的建材市场里买了一把铁锹。

毕竟是田地多的城市，瑠美她们也不是完全不了解农具。七濑展示的铁锹形状有些奇怪，底面开了好几个洞。一问才知道，是清理水渠的专用铁锹。

"很轻，要掂掂看吗？"

递过来的铁锹轻得惊人。瑠美她们一边说着"真的很轻"，一边像接力一样把铁锹递给旁边的人。转了一圈后，铁锹又回到七濑手中。自打手机掉进河里，已经过去一周了。七濑把长长的把手扛在右肩上，昂首挺胸，向前迈步，瑠美她们跟在后面。

那是个晴朗的日子，梅雨暂停。

"好久没踩到干燥的沥青路面啦。"听了七濑的话，大家都点点头。在没有车辆经过的十字路口，众人排成两排，笔直地往前走，右首路旁竖着一块褪了色的鱼塘招牌。从七濑住的公寓走大概十分钟的路程，就是她以前捡到过春元气那双运动鞋的水渠。

水渠大约宽两米。最近，这里水流很急，水量增大，似乎持续了很多天，不过，今天相当平稳。水渠两旁杂草丛生。用干燥的手摸了摸杂草，确定草没湿后，瑠美她们并排坐了下来。

七濑踩着木板桥走到对面，隔着水流，站在瑠美她们面前。她把铁锹从肩膀上卸下来，猛地把前端伸进水面，哗啦搅了一圈，把沉积在水底的淤泥带了上来。咚咚，泥块在杂草上落下。她抬起穿着保健凉鞋的脚，向下踩上去，把淤泥摊开。

沉积多年的淤泥中并没有藏着什么重要的物件。

不过，这只是一小撮。黏乎乎的黑泥四处飞溅，从保健凉鞋前端探出来的脚尖也被弄脏了，不过，七濑好像并不在意。

她再次握紧铁锹把手，将前端插入水流中。这一次，像在慢慢斟酌似的，铁锹在水底搅了一圈之后，她两臂发力，捞起的淤泥比刚才还多。用力往草地上一扔，黑泥带着难听的声音，四散开来。

除了脚尖，白色 T 恤的腹部和平时穿的淡粉色半身裙下摆也溅上了污渍。没有擦拭淤泥，这一次，用铁锹背面把泥块拍开，平摊在草地上。第二次捞起的淤泥里也没有他的手机。

她重复着同样的动作。过了一会儿，挥动铁锹的手停了下来。她抬头看天，用空着的那只手捶了捶腰部。

"累了。"

说着，她把铁锹扔在草地上，朝河对岸并排坐在水边的瑠美她们蹲了下来。"肚子饿了。"

"饿了呢。"

"差不多该回去了。"

"回去？这就放弃了吗？"

"毕竟，我也没想着一天之内就找到。"

"也对。"

"打一开始，我就做好了打持久战的准备。"

"嗯。"

"拼尽全力找，要是还找不到，只好跟元气道个歉了。不过，也有可能会发生奇迹。"

"嗯。"

"元气说，没有那东西很不方便，无论如何，希望我能帮他找到。"

"嗯，我们懂的。"

那天，她没找到他弄丢的手机。马上要到上班时间了，七濑说，反正明天也要过来，说完，把铁锹放在水渠旁，站起身来。

第二天也是个晴天。瑠美她们来到昨天那个地方，七濑早就开始干活了。脖子上挂着毛巾，脸上都是亮晶晶的汗，半身裙还是昨天那条，裙摆被污泥染黑。脚上不一样了。今天穿的是新鞋，一双泛着黑光的橡胶靴。她双手用力，紧握着铁锹把手，胳膊上的脂肪在晃悠。她伸长双臂，刚要把带着洞的铁锹插进水面，这时，她察觉到了，瑠美她们正从左边走来。

"啊，早上好。"

"早上好。有收获吗？"

"刚才捞起来一块大的，可什么都没有。瞧瞧，尽是石头和空罐子。真脏啊，这条河。"

"哇！真的哎。"

穿着橡胶长靴的七濑用脚尖轻轻踢了踢空罐子，表情多少有点阴郁。

"今天早上，我忽然想到，元气的手机说不定早就沉到水底去了。"

嗯。瑠美她们看着在草地上翻滚的空罐子，摆出同样的表情，附和着七濑。

"不过，也有可能在上游，卡在某块巨大的岩石上，在缝里呢。"

"嗯。"

"今天，说不定会流到这里来。"

"嗯，也是。"

"我不想放弃。"

"没人劝你放弃呀。"

"毕竟那手机装满了你们俩的回忆，对吧？"

"是他拜托你找的吧？"

"我们都会支持你的。"

听完这些，七濑笑起来。

"好的，谢谢大家。哎呀，小心，别弄脏了。麻烦大家啦，到那边去吧。"在七濑的催促下，瑠美她们在昨天坐过的地方坐下了。

大家看了一会儿七濑干活的模样。这时，一个坐在婴儿车里的小宝宝和妈妈经过这里。小宝宝向瑠美她们伸出肉乎乎的小手，于是，原以为会就此路过的婴儿车停了下来。

　　"你们好。"

　　留短发的母亲微笑着说。她戴的白色帽子跟小宝宝的一模一样，质地柔软。包裹住头部的帽檐上系着一条红丝带。

　　"你好。"

　　瑠美她们异口同声地回道。

　　"在打扫卫生吗？"

　　"嗯，是的。"

　　小宝宝"哇"地叫了一声。

　　"宝宝——"

　　"好可爱啊！"

　　"有点像小雏鸡。"

　　小宝宝一笑，母亲也笑了。

"请加油哦。"母亲说着，越过瑠美她们的头顶，瞥了一眼那边，再次推起婴儿车，向前走去。她哼着摇篮曲，朝上游缓缓走去。风一吹，连衣裙被吹得胀鼓鼓的。浅蓝色的连衣裙下摆处，母亲的大腿内侧时隐时现。

"有了！"

七濑突然一声尖叫，瑠美她们吓了一跳，齐刷刷地转回正面。

"搞错了，是个计算器。"

她们再次把头转向母亲的方向。

母亲推着小宝宝走了一会儿，在面对人行道的一栋房子前停下脚步。是栋新房，最近刚完工的。房子虽然小巧，上方覆盖的大屋顶却很醒目。屋顶铺着蓝色的洋瓦。立在最高处的鸟形黑影，一来风就会旋转。大门口种着跟屋顶一个颜色的绣球花。半圆形的白色邮筒带着底座。每次经过这栋房子，大家都觉得不可思议，心想，这邮筒是哪里买来的呢，国道旁的建材市场里可没得卖。

　　有人从口袋里拿出了从家带来的一小袋花生。大家一起抓着吃的时候，水渠对岸，正在与污泥缠斗的七濑也注意到了。

　　"真不错，有花生吃，我也有点儿饿了。"

　　说这话的七濑双手满是污泥，又黑又脏。她们中有位代表站了起来，在离她大约两米的地方站定，朝七濑张开的嘴巴里投了一粒花生。从下往上抛，抛得高高的。花生在半空中划出一道弧线，打在七濑的脸上，掉在水里。第二个人扔出的花生砸在她脑门上，第三个人扔出的花生打中了鼻子。第四个人终于把花生投进了她那张大嘴里，那架势，仿佛是被她吸进去可一样。

　　七濑咯吱咯吱地咬着花生："嗯，真好吃。"

　　好多天过去了，还是没找到他的手机。一天傍晚，开门营业前，昏暗的舞台上，上完舞蹈课的瑠美她们单手拿着果汁，说说笑笑，推开休息室的门。

经理坐在折叠椅上，吐出一口烟，盯着排班表。坐在对面的是七濑，上身穿 T 恤，下身穿粉裙子。马上就要开工了，她还没换好衣服。

"不行，上周刚辞了两个人。"经理边往铝制烟灰缸里弹烟灰边说。

"您通融一下，有劳了。"

七濑缩着肩膀，仿佛要挤出乳沟似的，给经理深深地鞠了一躬。

"不行，没有你店里就麻烦了。"

瞬间，瑠美她们以为七濑要辞职。事实并非如此。她们马上意识到，这是误会。

"请让我休假。"七濑说。

"不可能。"

"一天就行。"

"不是说了吗，这周咱们只能勉强凑够人数。看看这张排班表，能明白吧？不行就是不行。"

经理站起身。他粗暴地摁灭点燃的香烟，从瑠美她们身边穿过，走出休息室。排班表还放在桌子上。

本周，七濑的休息日应该是周四和周六。一周休两天，不是已经很好地落实了吗？有人指出这一点，七濑便带着歉意低下头。

"是落实了。不过，除周四和周六之外，还想请一天假。"

"为什么？"

"周四和周六是休诊的日子。"

"休诊？"

"就是医院不上班。"

"这个明白。你要去医院吗？"

"是的，去皮肤科。"

"没事吧？是哪儿不舒服吗？"

"就是这个。"

七濑掀开 T 恤下摆，给前辈们看。那是刚入职时就带着的蚊虫叮咬的痕迹。

那天，工作结束后，瑠美她们把一个新人叫到出入口处的垃圾场旁。

店面后头，狭窄的小巷里只有一盏路灯，灯泡早就不亮了。隔壁大楼的窗户里透出来的灯光，模糊地映照出塑料桶盖子上写着的"生活垃圾"字样。

新人比瑠美她们晚到了几分钟。她推开那扇隔开出入口和后方小巷的沉重大门，探出头来，好像并没有意识到自己为什么被叫到这儿来。

她连一句"对不起我来晚了"都没说，只是皱着眉头盯着瑠美她们看，"怎么了？"她撂下这句话。

有必要从对待长辈的礼仪开始教起。不过，其实，这位新人只有十六岁，伪装成十八岁才能进店干活。的确，还是个孩子。

"抱歉，突然把你叫出来。"

瑠美她们既不打算吓唬她，也没想让对方屈服，只是想提醒她几句。摆前辈的架子也没用，一个代表上前一步，"我说，七濑被虫子咬那事儿，谈谈吧。"

"啊？那是什么？"

"不是说了吗，七濑的侧腹，就这儿，这个位置，不是有蚊虫叮咬的痕迹吗？"

"被叮了？有吗？这东西。"

"装傻是吧？"

"什么意思啊，我真的不知道。"

瑠美她们面面相觑。

"……不是你？"

"到底说什么呢？"

"不是就好，你可以走了。"

"等一下，到底是怎么回事？"

"别打听了，赶紧走吧。再见，晚安。"

新人离去后，瑠美她们各自无言，在小巷旁并排码放的水泥块上和塑料桶盖上坐下。大家都从口袋里掏出烟盒，百元打火机接二连三地发出短促的擦火声。伴着几道叹息，吐出的烟雾和夜晚的湿气混合在一起，飘荡在狭窄的小巷里。

早就有人说过无数次，七濑侧腹上的红圈不是蚊虫叮咬的痕迹，会不会是乳头？不过，没人去和本人讲这话。这属于身体上的个人隐私，且七濑坚信，被蚊虫叮咬后，只要继续涂抹软膏，痕迹一定会消失。然而，还是有人在七濑的储物柜上贴了一张手写便条，上面写着"你那玩意叫副乳，除非去医院动手术，否则，绝对治不好"。正方形的白色便条随处可见，写字用的笔也是黑色圆珠笔，除此之外，找不到任何线索。大家知道，是在店里工作的女孩中的某一个写的，但女孩们人数太多，单从字面上看，很难判断是谁。

瑠美她们以为是新人。那个新人一直都那样，对作为前辈的七濑很不礼貌，会远远地指着她说"那人到底多大了？"，随后，嗤笑一声。七濑亲手做了很多饭团，分给店里所有工作人员吃，她就说"现在不用，我一点儿都不饿"，拒绝了。最过分的是，她竟然说"河那事儿都听腻了"。明明是她先问起七濑跟春元气是如何拉近关系的，她却说"就这？真无聊"。当时，七濑只得闭嘴，还是瑠美她们接过河的话题圆了场。她们的印象也挺模糊，跟站在一边旁听的本人确认了好多次说没说对。好像说得没太大偏差，每次被问到，七濑都会点头，予以肯定。第二天，还有人拿着自家的县地图和航拍照片给新人看，证明春元气老家附近的那条河和七濑家附近的水渠是相通的。新人漫不经心地"哦"了一声，说："那又怎么样？"

若不是新人干的，会是谁呢？虽然列举了几个可疑的人名，但也有人提出看法，说这会儿才开始找干坏事的人已经晚了。事实突然摆在眼前，七濑果然受到了很大的打击。拍了拍情绪低落的七濑的肩膀，瑠美她们仍然在安慰她，说，没必要切除，动手术很花钱，再说，也不像她讲得那么显眼，怎么看都是蚊虫叮咬的痕迹。在瑠美她们的建议下，七濑决定在左腹贴上创口贴。不过，一到店里人头攒动的时段，由于身上大量出汗，创口贴的一端会卷起来，在侧腹部不停地摇晃。

第二天，让人感到意外的是，工作结束后，那个狂妄的新人居然和七濑在更衣室里聊上了。

不知是因为年龄差距太大还是七濑太迟钝，她微笑着对正在身旁换衣服的新人说："十六岁？真年轻啊。高中生吗？"

"不是。"新人的应答方式一点儿也不客气。

本以为对话到此为止了，新人又开口说道："对了，七濑，你多大呀？"

"对了"，在瑠美她们听来，这话是故意的。她应该知道的。

七濑答："秘密。不过，明天，我又老了一岁。"

听见这句话，默默换衣服的瑠美她们抬起头来。

"啊，真的吗？"

"我们不知道啊。"

"恭喜恭喜。"

"生日快乐，七濑。"

"谢谢，谢谢"，七濑笑起来，频频低头行礼。眼下手头只有这种东西，说着，有人递给七濑一颗糖，当作生日礼物。以此为契机，大家开始各自翻腾储物柜和包里的东西。吃了一半的巧克力，棒棒糖，买瓶装果汁时粘在上面的赠品，垃圾。拿不出一件像样的东西，可七濑还是高兴地收下了，说："大家有这份心意，我很高兴。"随后，大家合唱了生日快乐歌。新人在一旁默默换衣服，一直盯着看，瑠美她们扯开嗓子唱了起来，像是要把那新人给抹去。"谢谢，谢谢"，大家唱完后，七濑反复低头行礼。一句祝福的话都没说的新人也低下了头。有人把圆珠笔当作麦克风，问道："生日有什么安排吗？"七濑回答说，"和平常一样过。"

这时，一直蹲在原地系凉鞋带子的新人突然站了起来，目不转睛地盯着七濑，"哟"了一声。

"这样打算的呀。不来个东京一日游吗？"

瞬间，更衣室里鸦雀无声。

新人继续说道："太可惜了。难得过生日，明天跟他一起过不就好了吗？"语气里明显带着恶意。瑠美她们正要说点什么，七濑先开了口。

"很遗憾，明天他不方便。"

就是就是，瑠美她们点点头。从早到晚都在电视上露面的他，不可能在女朋友生日那天请假，还真能获批。

然而，新人不依不饶。

"那后天呢？"她继续问。

"后天也不行。"七濑答。

那大后天呢——新人正要开口，但总算注意到了瑠美她们那锐利的视线。她吐了吐红色的舌头，迅速转了半圈，面向自己的储物柜。

"下周去。"七濑说，"元气说，下周会为我空出时间。"新人边从储物柜里取出小挎包边"哼"了一声，"挺好的，请尽情享受。"

"嗯。"

静静关上储物柜的门并落了锁后，新人头也不回，对前辈们说了句"我先走啦"，像突然想起有事要办似的，快步离开了。七濑对着她的背影说"辛苦了"，表情没有任何变化。她从储物柜里取出卷成一团的 T 恤，摊开，像往常一样，往脑袋上套。

跺了跺脚且懊恼不已的是瑠美她们。那算什么？什么态度啊那是。新人摆出那表情，明显是把七濑当傻子看，声音在颤抖，说明她在忍耐笑意。不可原谅，有人高声叫道。

"我说，七濑。"瑠美她们抓着七濑的肩膀，后者正缩着肚子吸气，好把半身裙的扣子给扣上。"七濑，我们站在你这边。"

七濑双手搭在扣子上，看着每一位前辈的脸庞，微微一笑，说"谢谢"。

"下周要去东京的，对吧？"

"对"，七濑回答。

"我们不需要礼物哦。"

"好的。"

"照片也是，绝对不要拍。"

"好的。"

"对了！要是能在去之前找到他的手机，岂不是很好？"

"啊，正好，我也在想这事。"

我也是，我也是，大家纷纷说道。

"大家想到一块儿去了呢。"七濑笑着说。

"决定了，我们有决心。七濑，从明天开始，鼓起干劲儿。"

"哎？"

"制订个作战计划得了，我们会支持你的。"

"作战计划吗？好的。"

"行，就这么定了。明天早上，咱们在老地方集合。"

"好的。"

"别睡过头了。"

"好的，知道了。"

"那么，晚安。"互道晚安后，大家在出入口前解散了。

三天后，七濑站在水渠边上，脚边放着一个套着塑料袋的塑料垃圾箱。朝里头瞧了瞧，积了一层黑色的淤泥。

"从前天开始干的。"七濑说。昨天和前天，一大早就下着毛毛雨，所以，瑠美她们没能过来。一问，原来，这是她的新策略。

她说，她把之前摊在草地上的泥丢进塑料袋里，用一把小铲子搅动，确认里面有没有手机。随后，不管是否有收获，先把塑料袋里的东西拎回自己家。这样一来，水渠和水渠周围就不会脏了，如果还惦记，可以在送到垃圾场之前再确认一遍袋子里都有什么。

"厉害啊七濑，你很认真，在考虑环保问题呢。"

七濑用熟练的动作一把捞起淤泥丢进垃圾箱，

说，"只是偶然想到这点啦，不过，来都来了，就做做看吧。"

她露出一副内心窃喜的表情。之前，瑠美她们说过，"七濑，你开始找手机后，水渠里的水就变干净啦"，那时，站在一边听着这话的她，脸上就是这副表情，和今天一模一样。七濑只在过去捞上过他的运动鞋的地方干活，几乎不动地方，因此，按理说，水渠里的水是不会变干净的。话虽如此说，和几周前相比，七濑一直站着的这块区域的确有变化。下水道特有的那种难闻气味变淡了，水底的颜色也从漆黑变成了深绿。

因为天气的缘故，瑠美她们不可能每天都过来。不过，既然已经宣布要尽量待在七濑身边为她加油，她们还是来到了水边。早上，揉着惺忪的睡眼打开电视，查看今天的紫外线指数，对着镜子往脸上涂防晒霜，梳好头，凑合描个眉再出门，也不是不具备这类意识。镇上仅此一家的便利店里有个店员，是个帅哥，所以，瑠美她们格外用心。今天也约在那里碰头，除了果汁和香烟，还买了七濑喜欢的花生。

七濑对着瑠美她们张大嘴，这是"给我花生"的信号。大家轮流挑战，不过，扔了几十颗后，吃进嘴里的只有五颗。把空袋子揉成一团时，七濑再次张大嘴。

"抱歉，已经没有啦。"听见这话，七濑一脸失望，重新握住铁锹。

"对不起啊。"

"没事，没关系的。"七濑说。

不过，为防万一，下次再来时，最好多准备两袋。想送她一大堆的花生，还有像样的生日礼物。在送花、送菜谱还是送小镜子的问题上，大家争执不下，不过，回去的路上，大家达成了一致。大家都看到了，花生是怎样在她身上和脸上弹起来，又掉进水渠里。为了捞到这些漂走的东西，七濑用铁锹在水面上划拉来划拉去，可清理水渠的专用铁锹底部开了无数个洞，一粒也捞不上来。这种情况下，要是能有个细密的织网，岂不是会有很大帮助？

梅雨一过，店里变得生意兴隆。情况和往年一样，可今年气温急剧上升，再加上人手不足，进入七月之后，忙得连喘息的时间都没有。高峰时期，经理也会挽起衬衫袖子，下场干活。不穿旱冰鞋的七濑被告知不必参加每周一次的舞蹈课，而是要提前上班，在厨房帮忙，准备饭菜。瑠美她们只是简单地排练一下，就已经汗流浃背了。趁厨师长不注意，七濑偷偷把冰淇淋和果汁送了过来，大家都很感谢她。

七濑端着托盘走近舞台时，音乐就会暂停，大家休息一阵儿。

可乐、茶、水、橙汁、香草冰淇淋，七濑亲手把每样东西分发到大家手里。谁喜欢什么，整理成笔记交给她之后，她几乎没有出过错。大家边用毛巾擦拭额头的汗边对七濑道谢，其中，只有一个人一言不发。那个傲慢的新人把自制的特殊饮料装在带吸管的容器里，站在远处，和前辈们拉开些距离，一个人自顾自地润喉。

有一天，七濑单手端着多拿的几份冰淇淋，特意向新人走去。

"要冰淇淋吗？"七濑抬头看着比自己高一头的、靠墙站着的新人，问道。

"不需要。"

预料之中的回答。最近，新人对七濑的态度明显变差了。前几天，看不下去的瑠美她们教训她的时候，她说，"是吗？从一开始我就是这么待她的。"不对，你这态度，是从上周五开始的——被人指出这一点后，新人脸上难得浮现出犹豫的神色。"瞒也没用，我们能看穿"，在瑠美她们的进一步逼问下，新人点点头，坦白了。

那是个星期五，离七濑生日那天刚好过去一个星期。那天，新人不上班。午后，她出门闲逛，去了镇上的小美术馆，简单买了些东西，回家时，已是傍晚六点半。下午一点多往车站走时，傍晚六点前往家走时，新人两次目击到七濑坐在公园长椅上，正在喂鸽子。虽然对七濑始终以同样的姿势坐在同一个地方感到惊讶，但对七濑本应在东京与男友约会却出现在这个小镇上一事，她并不感到惊讶。

"对，打一开始我就不相信。"她若无其事地说。只是，自那以后，每次跟七濑打照面，她都比以前更加焦躁不安。

"那人是不是以为自己的谎言不会被揭穿？"

对这样的新人，瑠美她们尽可能用温和的声音说话。

"被你看见的第二天，七濑就给我们讲了在东京是怎么约会的。春元气在自己家的公寓亲手做了料理，菜单是沙拉、咖喱和酸奶，还有——"

"够了！"新人噘起嘴。"前辈们，你们人太好了。"

"会吗？"

"是啊。我可没法陪她玩这出，头疼。"

新人走了，于是，谈话就这样中断了。不应和这事也无所谓，不过，所有人都认为，新人得改一改对七濑的态度，她太没礼貌了。

和从前一样，新人照旧拒绝了七濑送出的东西，可七濑似乎一点儿也不介意。她把盛着冰淇淋的容器放在新人脚边，说了句"化掉之前吃哦"，就回厨房去了。

"喂，等一下。"听到前辈们在叫她，正冷眼俯视香草冰淇淋的新人抬起头来。

"你就不能说声谢谢吗？"

"谢谢。"

"不是跟我们说，是对七濑。"

新人歪着头，把吸管送到嘴边。至今还没见过这个少女正经露出过笑脸。我们的叛逆期应该也没有这么嚣张吧——瑠美她们齐刷刷地叹了口气。不管说教什么，大概都没用。暂停的音乐再次开始播放，没有一个人故意去撞人或绊人，做出这些野蛮的举动。直到开门做生意的五分钟前，大家一直地默默地跳舞。

吃完咖喱正往嘴里送作为甜点的酸奶时，七濑告诉他，自己没能找到他的手机。隔着桌子，坐在对面的他听完七濑的话后微微一笑，说："谢谢，不用再找了。"

哎？不用再找了吗？休息室里，听瑠美她们这么一问，七濑略显落寞，答道："是的。"放弃了？面对这个疑问，七濑说"毕竟元气说了，不用找了"，她露出更加寂寞的表情，随后，又补了一句，"他说，手机这东西，丢几个都没关系，只要有你在就行了。"

瑠美她们面面相觑，欲言又止。伤脑筋。这可怎么办呢。喂，怎么办？

"请问，发生什么事了吗？"听七濑这么问，大家犹豫了一下，但还是把藏在折叠椅下面的橙色纸袋拿了出来。买的时候是放在印有建材中心标志的塑料袋里的，后来，大家重新包装了一遍。

"有点晚，不过，生日快乐！这是大家准备的礼物。"说着，瑠美她们小心翼翼地递了过去。

七濑打开纸袋看了一眼，说，"这是……"

"这东西，不需要了呀。用不到了。"

七濑把伸进袋子里的手抽出来，捏住袋子的一端，用力握紧，抬起头，又马上低下头。

七濑对面，前辈们一字排开。在这样的注视下，七濑低着头，嘟囔了一句。听不太清。

"什么？抱歉，你再说一遍。"

"谢谢，我很高兴"，七濑这样说。这次，大家听见了。

"哎？真的？"瑠美她们问。

"是的。"

"高兴？"

"是的。"

"会用上吗？"

会的，七濑答道。

如此这般，到了八月。由于没有采取防晒措施，准备好阳伞、手套和防晒乳，七濑被晒黑了。水渠周围没有高耸的建筑物，太阳的热量直接照射到皮肤上。她还是穿着汗津津地贴在身上的 T 恤和一年到头都穿着的粉裙子。虽然穿着没有变化，技能却在磨炼中不断提升了。

可以说，如今，七濑是清扫水渠的专家了。据说，她打算一点点攻克，逐渐向下游扩大清扫范围。专用铁锹变成了两把。最近买的那把前端很锋利，呈锯齿状。七濑在大卖场里犹豫不决时，是瑠美她们建议她买这个的。这样，就可以收集河底的碎石子，面条漂过来的时候也可以迅速捞起，很方便。

捡空罐子的时候用火钳，附近的鱼塘漂来生病的鲤鱼时，跟以前一样，还用捕虫网捞。又一次，错把正在游泳的蛇当成一截水管钩了上来。七濑大叫一声，连同捕虫网，一起向半空中扔去，差点儿把蛇扔到瑠美她们这边来。七濑很珍惜大家凑钱赠送的捞网，捞饭粒、蔬菜碎屑等家里扔掉的剩饭时，才会用上。跟鲤鱼和蛇不同，剩饭流过来的频率是最高的，而且，是从离七濑站的地方数十米远的上游漂过来的。装着剩饭的三角形滤水篮和屋顶的颜色一样，都是深蓝色。

　　七濑把从家里扛来的工具放在草地上时，那位母亲从大门口探出头来。她从似乎是外国货的白色邮筒旁走过，笔直地向前走。她总是穿着一件浅色调的及膝连衣裙。梅雨季节绣球花盛开的那片地方，手掌大小的向日葵如今也在竞相开放。她那白皙纤巧的双脚穿过没有行人的马路，停在家门口的水渠旁。她熟练地弯下腰，把滤水篮举到肩上，再用力卸下。这个动作，这位母亲重复了两次。清脆悦耳的声音乘着夏日微风传到瑠美她们的耳朵里。之后，传来了"咯吱咯吱"的声音，那是滤水篮砸在水渠边缘的声音。为了一粒米都不剩，最后，得把手里的滤水篮一下子按到水面上。她挺直腰，没拿篮子的那只手挡在眼前遮阳，在阳光下眯起眼睛，抬头望着对面新盖的房子。估计是在想，幸亏选了蓝色瓦顶。没有车辆通过此处的迹象，这位母亲没有左右确认，而是像来时一样笔直地向前走。还没等她把手放到大门的门把手上，她扔掉的剩饭已经流淌到七濑面前了。

七濑正在调整姿势做准备。腰下得很深，不过，为了能随时改变姿势，她单膝跪在地上，原本右手握着捞网手柄，现在换到了左手。她用半身裙仔细擦了擦因出汗而滑溜溜的手心后，又把捞网从左手换回右手，这次，姿势合适了。这期间，她的两只眼睛始终盯着河上漂来的剩饭。突然，七濑的右胳膊上下晃动，晒得黑黑的胳膊刚一伸得笔直，马上像树枝一样弯折得很厉害。没有溅起华丽的水花。轻轻擦过水面，就能看到网底装满了带着水分的米粒，它们结成块，整整齐齐。过了一会儿，蔬菜皮也来了。七濑在这侧站着，隔着水道，橘皮在水渠另一侧流淌。七濑原本弓着身子，为了网住它，她瞬间起跳，跨过半空，在瑠美她们面前落地。落下时，手里握着的捞网中已满是橘皮。技艺精湛，没有任何多余的动作。瑠美她们不由得鼓起了掌。七濑弯着身子，保持这姿势，歪着头，把脸转向身后欢呼的瑠美她们。不愧是七濑，真能干，像忍者一样！花生飞了过来。

傍晚，开门营业前，经理突然在店里大声自言自语。"瘦了，是吧，瘦了吧？喂！"

"喂！"

瑠美她们正专心用抹布擦拭摆在吧台上的勺子和叉子，被拍了十多次肩膀，她们才反应过来。她们顺着经理指的方向望去，那是七濑的背影。不知是谁先答了一句"哇，真挺瘦的"。也有晒黑了的关系，七濑的身体看起来比以前紧实多了。就算工作到深夜，每天早上九点半也得睁开眼，扛着清扫工具去水渠，可以说，她过着相当辛苦的生活。当然，陪着她的人也很辛苦，但瑠美她们可没有变瘦的。活动身体和不活动身体，结果还是不一样的。不仅前辈们觉得她这样有意义，七濑也觉得用铁锹铲泥这件事本身就很有意义。"不讨厌干这个"这句话，出自本人之口，顺便还能减肥，简直一举两得。不过，也有一个弊端。上午干劲十足，下午脑子就转不动了。

比如，上周三，七濑打扫完每天必扫一遍的水沟后，走进厨房准备早饭。早饭还没做好，不知从哪里传来提示正午到来的铃声，他出现在电视画面上。

开始啦，元气出来了，你看，七濑，他在向你挥手呢，飞吻过后，说不定会抛媚眼哦。如果不是瑠美她们大声呼唤，七濑大概会一直用筷子戳锅里煮得咕噜咕噜转的白色鸡蛋。她的状态，就是这么昏昏沉沉的。

"跟男人有关吧？"经理问。瑠美她们笑着点了点头，经理垂头丧气地走开了。

并非经理一人注意到了七濑的变化。店里工作的女孩们也纷纷表示"最近那人是不是变黑了？"不过，大家似乎背后议论两句就满足了，这点跟瑠美她们不一样。

夏末，有一天晚上，店里的火爆氛围回落到往日的平静，除周末之外，不再有爆满的情况。那天是周一，晚上十一点半，最后一单客人只有三位，因此，经理对她们说可以提前回去了。大家在休息室里喝咖啡，抽抽烟，热热闹闹地商量接下来去哪里玩。好久没碰上早下班了，大家都有点兴奋，然而只有七濑一人站着喝光了自己的饮料，说声"我先走了"，离开了休息室。

这霸气全无的样子，也许是因为打扫水渠太累了吧？不知谁问了一句，大家都在点头。

"怎么回事呢？难道和男朋友吵架了？"

确实有可能。以前，因为他打电话的次数减少了，两人也吵过架。当时，七濑来找大家商量。

"可能出轨了。"她边说边大口喝着啤酒。肯定是因为他太忙呀，没关系没关系，瑠美她们拍着七濑的肩膀鼓励她。那是一年多之前的事了。在廉价居酒屋的角落里，瑠美她们皱着眉头勉强喝下当时还不太能应付的啤酒。结果，他并没有出轨。七濑说，他俩和好了。

之后，来电次数是否增加了，大家就没问了。瑠美她们连七濑打电话的样子都没见过。七濑觉得，在没有恋人的前辈们面前，身为后辈的自己不能够和艺人男友有甜言蜜语。

"如果又吵架了，这次，原因是什么？"

"邮件变少了之类吧。"

"啊，有可能。"

"不可能，七濑没有手机和电脑。"

"是吗。那会因为什么呢？"

"唔……"

"约会的次数减少了。"

"没准是。"

以前，七濑会主动把和他约会的始末告诉大家，可是，最近，只要周围的人不问，她就不说。在店里工作的女孩一大半都觉得这事很有趣，想要问个究竟。七濑脑子里会想到"台场""狗派""很开心"等单词，嘴上却结结巴巴，一到这种时候，瑠美她们就会在七濑身边帮她做补充。谈到两人的性爱场面时，多亏了瑠美她们如此努力，听众增加了一倍。

"说起来，最爱讲的那条河，她也不提了。"

"难道说，爱意冷却了？"

"与其说是吵架，不如说是倦怠期？"

"已经交往十四年了，还有什么倦不倦怠期的。"

"十四年？不是十三年吗？"

"从二十三岁开始交往，不是十四年吗？"

"不对。认识的时候二十三岁，开始交往的时候是二十四岁。"

"是吗？等一下，七濑！七濑！"

休息室的墙壁很薄，隔着这道墙，对面就是更衣室。本以为七濑正在换衣服，就大声叫她，却没人回应。

"可能回家了吧。'七濑——'"

"有点在意，明天问问她吧。"

"印象里，好像是二十四岁那年正式交往的。"

"可是，正式二字怎么界定？在广播里求婚不算正式吗？"

"是吗？那就是十三年。"

"十四年。"

"十四年吧。"

"不是十五年吗？"一个稚嫩的声音插了进来。

在场所有人都朝着声音传来的方向转过头。是那个新人。本以为她已经回去了，可她连衣服都没换。她单手拿着自制的特殊饮料，靠在墙上，从休息室的窗户旁向外眺望。

"不好意思，虫子会飞进来，把窗户关上。"前辈们说。

新人面无表情，乖乖照做了。伴着铝制窗框在滑轨里慢慢滑动的声音，她接着说"可能是十六年"，大家决定无视她。

"十七年也行。"

"……什么？"

"嗯？"

"你想说什么？"

"没什么。"

"那你为什么还不走？"

"这就走。辛苦啦。"

新人向门口走去，步伐十分轻快。她完全不在乎前辈们那惊讶的视线，潇洒地推开门，走了出去。

这算怎么回事？不知是谁正要开口，刚刚关上的门又开了，新人从门与墙壁的缝隙中探出半张脸，说："七濑她在哦。"

七濑刚换完衣服，正在锁储物柜。

"你在啊？"

"是的。"

"刚刚叫你来着。"

"对不起，我没听见。"

"不用道歉呀。七濑，问你啊，你跟春元气交往几年了？今年是第几年？"

"十三四年。"

"是十三还是十四呢？"

"我觉得，是十四年。十四年。"

"你看。"

"胡说。你以前说过，二十四岁的时候就开始交往了。"

"可是，广播里被求婚是在二十三岁的时候呀。哎，七濑，是这样吧？"

"是的。"

"你看。"

"好奇怪啊。"

"顺序颠倒了吧？求婚之后才知道彼此的长相，对吧？"

"对。"七濑回答。

"你看。"

"是在隆冬季节？"

"对对，在广播剧电台的大门前。"

"很快就发现了彼此呢。"

"是啊。"

"就是的。"

"七濑？"

答了声"在"的七濑脸色不太好。

"怎么了？不舒服吗？"

"嗯，有点。"

"感冒了？"

"嗯，估计是。"

"这样啊。所以，你最近都没精神嘛。"

啊，原来如此，大家都明白了。

"最近，七濑你精神不太好，我们很担心你呢，想着莫非你跟他吵架了？"

"不会吧？"

"没吵架吧？"

"七濑？"

"七濑，听见了吗？"

七濑点点头。

"那就好。不好意思啊，你要回家，我们却把你叫住了。"

"对不起。"

"七濑，对不起啊。"

"没事，辛苦了。"七濑礼貌地行了一礼，说声"我先走了"，又鞠了一躬，背对脸去，背对前辈们。那位一个人迅速换好衣服，一言不发，从大家身后溜出去的新人简直和她有天壤之别。

"等等，七濑，还有一个问题，就一个。"

被一位前辈叫住的七濑停下脚步，回过头。

"你和他还顺利吗？"

面对这个问题，七濑微微一笑，点了点头，"我先走了。"

"辛苦了，多保重！"大家肩并肩，朝走出更衣室的七濑的背影挥挥手。

之后，瑠美她们再次回到休息室，对今后二人将如何发展做出了各式猜想。既然以结婚为前提持续交往了十四年，差不多也该结婚了吧，不是没可能。然而，他是人气爆棚的搞笑艺人，事务所自然会强烈反对此事。最后，二人只字未提，悄悄办理了手续。虽说对任何人都保密，但一定会告诉瑠美她们。到时候，把蛋糕带到居酒屋，开个小小的派对吧。虽然场子里没有在东京忙得不可开交的他。

毕竟是隐婚，自然不能一起生活。丈夫在东京，妻子一如既往，继续在这个小镇上生活。即使结婚了也不会辞掉工作，因为喜欢这份工作。就像二人的恋情始终没有曝光一样，分居婚姻自然也不会被媒体曝光。七濑大概每两周就会说"我要去东京"，夫妇俩就是在那个时候见面的。不是住一晚就是当天来回，不带土特产，没有照片。不需要。不管过多久，都不会怀孕。原因不在其中一方，单纯因为七濑讨厌小孩而已。这样就差不多了吧。嗯，不错。

不知何时，便条和圆珠笔都准备好了。预测到的未来和幸福的新婚生活是个什么样子，负责记录的人都记了下来。大家传阅的时候，她提醒大家，从接到结婚告知的那天起，就别叫七濑了，改叫春太太。为了提醒大家不要忘记这一点，她把这句也加进便条里了。代表站起来，看着写好的内容，从头开始大声朗读。每个人都面带笑容，边点头边听，最后，全体成员给予短暂的掌声，做个结尾。

这是一份完美的预定年表。因此，第二天早上，看新闻的时候，大家都很吃惊，简直晴天霹雳。"人气搞笑艺人春元气（本名春·元气）结婚"，结婚对象不是七濑。

午后，公司附近的咖啡馆里，瑠美她们凑到一起，看着昨晚做的笔记，叹了口气。七濑看没看今天早上的新闻？想知道确切答案，但没人知道。那天早上，谁也没去七濑可能待着的水渠边。

店员不知换了多少次烟灰缸。他走到桌子前，问大家点什么，几个人异口同声地回答"待会儿再说"。接下来，又是一阵沉默。

店里播放着前年流行的情歌，扬声器里传来的女主唱声音高亢。突然，有人用与之毫无共同之处的低沉嗓音嘀咕了一句"春元气真差劲"。

听见这个声音，所有人都抬起头来。说得没错。他有个叫七濑的未婚妻，却出轨未成年偶像。根据杂闻秀里给出的信息，春元气和某偶像以共同出演某档电视节目为契机，一年前就开始交往。一年前，正是七濑找大家商量他是不是有外遇的时候。七濑说，之后虽然很快就澄清了疑问与他重归于好，但他一脚踏两船，一直悄悄在和偶像交往。女方已经怀孕五个月了。说不定，七濑已经注意到了。最近无精打采也是因为这个吧。为什么不来找大家商量呢？七濑是受

野餐 | 195

害者。

有人啪地拍了一下桌子。

"行，既然如此，就以不履行婚约起诉春元气吧。"

"就是。要么，让他付分手费。"

"还可以威胁事务所的社长，说要在周刊杂志上曝光。"

桌子旁顿时活跃起来。然而，有人说了句"这些事根本办不到吧"，气氛又安静下来。没有人对这句话提出异议。说"办不到"的是那位新人。

"我认为，最好的办法就是放任不管。"新人是全场唯一一个不抽烟的。她歪着身子坐在窗边的沙发上，像是在躲避二手烟。

"你怎么回事？为什么出现在这儿？还坐在最好的位置上。"

"有人叫我来，我就来了。"

"谁？谁把这孩子叫来的？"

谁知道呢。不知道。大家齐刷刷地摇头。

"放着不管的话，不久后，新恋人就会突然出现。"新人说话跟全知全能似的。

"要不怎么说，小孩子让人头疼呢。恋爱可不是那么简单的事。"

"对七濑来说，很简单。想想看，不一定非得是搞笑艺人。歌手、演员、普通人，都可以，自由自在吧？"

"什么叫'自由自在'，你这人吧……"

"不对吗？"

不对！大家齐声回答。

"错得离谱！七濑那颗心都在春元气身上啊。"

"就是，别说傻话。"

"毕竟思念了十四年呢。"

"那，这样发展怎么样？"新人微微探出身子。

"七濑不和春元气挥别。就是说会走向婚外情。"

"这算什么，你什么意思？"

新人一脸得意，环视着前辈们的脸。

"听好了，婚外恋关系会持续三年左右。春元气可以说，我被老婆陷害了，还是你最优秀之类的话。然后，某天，他会和偶像老婆离婚，七濑马上嫁给他，续上。"

"笨蛋，不可能那么刚刚好。"

"是啊，如果春元气不离婚怎么办？"

"到时候，就给七濑洗脑，'让'他离婚就行了。"

"一开始就说没和偶像结婚不就好了吗？"

"话是这么说，但出轨不是更有趣吗？"

"什么叫'有趣'？七濑可是很认真的。"

"不好意思。"

"不过，姑且还是记下来吧。"

"先不说春元气离不离婚，七濑本人可能也没意识到还有出轨这条路。"

"请吧，一定要告诉她。"

"怎么回事，你说话这么狂。就算告诉了，最终决定用不用这方案的也不是你，而是七濑本人。"

"那，要是被用上了，给我一千日元，怎么样？

所有人都算上。"

"干吗要给你钱啊。要是没被用上，你出一千日元，这里所有人你都要给。"

"可以呀，我有自信。"

"说定了是吧？"

"嗯，说定了。"

"真是个自大的孩子。"

可是，当晚，已经过了上班时间，七濑也没来店里。

"她感冒啦。"经理说。

第二天早上，去水边一看，七濑也没在那儿。

"人没在呢。"瑠美她们面面相觑。

"平时都在？"新人问大家。

"嗯，一直都在。每天早上，七濑都要打扫水沟。"

"嚯，果然是个怪人。怎么又打扫起水沟来了？"

"说是喜欢干这个。"

"喜欢清理水沟？"

"嗯。……不对，等等，为什么来着？"

"手机呀。"

"没错，为了找手机。"

"七濑有手机吗？"

"不，不是找自己的，是找他的。"

"这'他'，指的是春元气？"

"对，找的是春元气的手机。"

"春元气的手机，七濑找个什么劲儿？她为什么
要找？"

"为什么呢，肯定是春元气拜托她找呗。"

"春元气能拜托七濑找？"

"对。就是春元气拜托七濑的。"

"……"

"怎么了？"

"不怎么。"

"你笑什么？"

"因为你们都在笑啊，前辈们。"

瑠美她们互相瞧了瞧，没人在笑。

新人轻轻咳嗽了一声，像是要打起精神。

"不过，还真够喜欢的啊。"

"清理水沟？"

"不是啦。"新人又笑了。"我是说喜欢春元气这事儿。"

"那是当然的，连脏兮兮的水渠都能变干净。爱的力量真伟大。"

"捞剩饭的方法很熟练啊。"

"嗯，工具也很讲究。"

"喔，每个人都有擅长的事情可做呢。"

"你有什么特长吗？"

"说不上特长，我喜欢画画。"

"挺好呀，画什么？"

"什么都画，风景和人物都可以。"

"油画？"

"是水彩画。"

"下次我们来画吧。"

"……行是行，就是有点吓人。"

"怎么吓人了？"

"没什么。"

站在外头抬头看，七濑家即 201 号房的窗帘已经拉上了。

"是睡着了吗？"

"先按一下门铃吧。"

瑠美她们轮流按了好几次门铃，试着敲了敲门，但没有回应。

"是不是去医院了？"

有可能。总之，先把带来的便条夹在门和墙壁的缝隙里。

"希望她能采用这方案。"新人对着大门击掌合十。

当晚，结束工作后在休息室闲聊时，一个同伴匆匆忙忙跑过来，瑠美她们这才发现，夹在门上的便条搞混了。

"糟了！好像多夹了一张。"

另一张便条纸是春元气结婚公告面世的前一天大家商量着决定的，即描绘出二人美好未来的预想图的那张。

"真搞错了？"

"你干什么吃的？都怪你，不仔细确认，才会发生这种事。"

"怎么办？对不起。"

"没办法。明天，七濑上班后，说自己搞错了，给她道歉吧。"

然而，第二天，七濑还是没来。

"听说，还是感冒。"经理不太高兴，叹了口气。"真伤脑筋啊，周末都忙成这样了。"

第三天早上，瑠美她们在便利店买了花生，来到七濑的公寓。夹在墙壁和大门之间的便条不见了。按下门铃，敲了敲门，喊她的名字七濑，没有反应。大家把装有花生的袋子挂在门把手上，把本来应该交给她的、推荐她采用出轨方案的便条夹在了大门和墙壁之间。

"希望这次能被她用上。"新人击掌合十。

春元气结婚，七濑受到的打击比我们想象的还要大，该不会，她已经吊死在荧光灯垂下的那根长灯绳上了吧——七濑两个礼拜都没在店里露面时，这样的负面猜测已是满天飞。别胡说，经理说。经理打电话到七濑家，本人好端端地接了电话，咳嗽着说，感冒完全没有好转，明天也想请假。

知道她没有死，大家就放心了。不过，七濑确实身心俱疲，人很虚弱。一起讨论有没有什么办法能激励她时，有人出了个好主意。对啦，去见春元气吧。"要是能看到真正的春元气，就算死了，七濑也会马上复活的。"所有人都赞成。当天，大家各自在便利店买了一张带回邮的明信片。

报名参加节目，每人限投一张，多次报名无效。

朋友、店里的客人、家人和亲戚也都来帮忙。申请去当观众的日期是下月初的星期三，投进信箱前，大家再次确认了希望参观的人数、所有同行者的姓名和电话号码、代表人的姓名、住址和电话号码、收件人地址是否有误。

寄出明信片后，过了十多天，一位同伴的信箱里收到了期盼已久的回音。听到这个消息，瑠美她们兴高采烈地奔向七濑的公寓，按下门铃，敲了敲门。七濑，七濑，你中奖了，可以参加节目了，能看见真正的春元气哦。是去东京呢，东京。七濑，听见了吗？我们把写有时间和地点的便条夹在你门上了哦，回头，你好好看看。

第二天，经理告诉瑠美她们，七濑离开了这个小镇。

事情太突然，较之寂寞，大家更多的是惊讶。经理说，七濑回老家去了。"怎么又这么突然""连告别的流程都没有""马上就能见到春元气了呀""真不敢相信",现场一度混乱到听不清彼此的声音。而且,大家从未听说过她还有老家。

好不容易才被选中去参加节目,不能浪费这张明信片,最终,只有瑠美她们去了东京。一群人一起请假是很难的,经理怎么也不肯点头。狭小的办公室只能容纳两个人,再多,空气中的氧气就会变稀薄。瑠美她们一个接一个地站在经理面前,请求获得批准,想要休假。她们礼貌地鞠躬,再重新排到队伍后面,循环往复。擦身而过时,不知谁的额头撞到了谁的额头,引来一阵哄笑。经理怒吼道"我要把你们全部炒了",不过,他也在笑。

真正的春元气比在电视上看到的要老。大多数观众都叫他"小春",只有一个人喊他"元气"。一看,是个年轻可爱的女孩。从东京回来后,没过多久,瑠美她们把声音压低,走在路上。抬头一看,发现前方是深蓝色的窗帘,所有人都沉默了。她们在楼梯口放下行李，脱下鞋子，用手撑着生锈的台阶，一级一级慢慢爬上去。大家像弯着腰的老婆婆一样，保持着这个姿势前进，好不容易才走到房间前面，一只耳朵紧紧贴在薄薄的大门上。

能听到音乐声。星期三，零点零分，是那首耳熟能详的主题曲。

七濑在房间里。

没有人按门铃，也没人打算去问她后来是不是和他有了婚外情，还是有了新欢。大家在门前轻轻叹了一口气，和来时一样绕到右边，离开了 201 号房，在楼梯下穿上鞋，慢慢直起一直弯着的上半身，使劲伸懒腰。随后，大家一起朝水渠边走去。一个伙伴干劲满满，说要在太阳底下画出所有人的脸。一到地方，她就从包里掏出素描本，其他人按住她的手，温柔地进行说教。

"行了行了，先吃午饭。"

把各自带来的东西摆在餐垫上一看，数量相当可观。每一份便当都体现了早起的成果。来的路上，大家顺路在便利店买了饮料和甜食。新上市的巧克力点心买了全套，费用均摊。喊着"一、二"这口号，大家一起拉开罐装啤酒的拉环，为这秋高气爽的天气和这美好的阳光干杯。在户外喝酒，总觉得这酒味道更好，真是不可思议。

チズさん

千鶴奶奶

附近住着一位名叫千鹤的老奶奶。

偶尔，我会去千鹤奶奶家玩。我们一起睡午觉，一起吃点心，一起听收音机，一起去买东西，有时，还会借她的厨房做些简单的饭菜。

买东西时，我会去离千鹤奶奶家最近的超市。一个人去的话，五分钟就走到了，和千鹤奶奶一起去，单程就要花三十分钟。

千鹤奶奶已经站不直了，身体稍稍向左倾斜。要不是推着手推车，连走都走不动。一觉得累，她就握着手推车的把手，差点向左歪倒。中途，她会停顿一下，朝右掰回身子，两秒后，又摇摇晃晃地朝这边歪了过来。

去时还能应付，问题不大。可是，回家的路上，她常常累得瘫在我怀里。我右手扶着千鹤奶奶的腰，左手拖着装购物袋的手推车往前走。工地上的大叔打趣我说，哟，力气真大。我觉得很不好意思。

"站直了往前走。千鹤奶奶，站直了。"

千鹤奶奶不听我的话。

下雨天没法出门买东西，因为千鹤奶奶不让我打伞。听腻了收音机，我就听从家里带来的英语会话CD。

您感觉怎么样？你叫什么名字？你几岁了？喜欢的人是谁？无论用日语还是英语问，千鹤奶奶都不回答，都是我代替她用英语回答。

去超市的路上有一个儿童公园。

千鹤奶奶在公园前停下脚步，不厌其烦地瞅着在滑梯和秋千上玩耍的孩子们。

"干雄。"

这是千鹤奶奶唯一会说的话。

"不是哦。"

"干雄。"

"不是哦，这不是干雄。"

"干雄。"

"说了呀，不是他。"

干雄在千叶。

厨房的桌子上放着一个笔记本，上面写着"交接手册"。打开一看，里面是这样写的。

第一页用红笔写着："东海林女士有一个叫干雄的孙子。眼下，干雄和家人一起住在千叶，但东海林女士并不理解这一点，因此，经常把附近的小学生和干雄搞混，外出时请小心。吉冈。"

小学放学的时候，一出门，会遇见好几个干雄。一叫"干雄"，就有孩子在那里挥手。这种时刻，千鹤奶奶并不会流露出特别的喜悦，只是梦呓般重复着这个名字。

千鹤奶奶家好像有人出入。碰巧，我出去玩的时候没人过去而已。

土豆炖肉还冒着热气，盛在盘子里，放在厨房的桌子上。早就应该失常的挂钟指针不知从何时起正常地转动了起来。即使在超市花了很多钱，下次再来时，钱包里的钱又变多了。一过年，挂历也换成了新的。

千鹤奶奶正在睡觉，肚脐上放着橘子。为什么会变成这样，我不明白。可能是有人进来放上去的，也可能是千鹤奶奶自己放上去的。橘子是从超市买来的，青色的，很硬。

我俩只制定过一次偷窃计划。那天，冰箱里空空如也，钱包里一毛钱也没有，作案地点嘛，当然是经常光顾的超市。

那家超市只有两台收银机，我决定趁新来的兼职店员在店的时候去，偷豆沙包。重量和大小都适中，适合没什么力气的千鹤奶奶。也许因为光顾超市的老年人比较多吧，豆沙包的种类比其他店面都要丰富。

我背对着监控摄像头，一手拿吐司一手拿法棍，问，哎，千鹤奶奶，哪个好？千鹤奶奶假装在思考哪个好，实际上，把放在下面架子上各式各样的豆沙包一个一个拿起来，扔进手推车上的口袋里。

当然，这种事我做不到，也不想做。所以，那天，我俩把供在佛龛上的蜂蜜蛋糕分着吃了。

千鹤奶奶家的门钥匙就藏在里面装满石头的蓝色花盆下面。

那天，我像平常一样打开门，走进她家。

家里很安静。

不会是死了吧？这么想不好，但每次来，我都会这么想。

"我要开门喽。"

打开里面榻榻米房间的拉门，探头看了看。里面散发出这个房间特有的气味。千鹤奶奶还在床上，在睡觉。

"千鹤奶奶，早啊。"

已经快十二点了。

"千鹤奶奶，起来，吃午饭吧。今天有好东西。"

窗帘开着。光线太刺眼，只好拉上蕾丝窗帘。我走到近处，又叫了一声。

"千鹤殿下。"

她终于睁开了眼睛，但我不知道她在看哪里，她也没有要从被窝里爬起来的意思。不知道是不是因为睡前吃过药，上午她总是这个样子。我把千鹤奶奶抱起来，抱到厨房的桌子边。

"坐这儿。"

我从带来的购物袋中取出带透明包装袋的东西。

"看，蛋糕。"

两个三角形的草莓蛋糕。来这里时，在超市买的。

"生日快乐。"

"……"

"千鹤奶奶，生日快乐。"

"……"

"咚"的一声,她的右脚用力踩在地板上。千鹤奶奶在椅子上弹跳了一下,看了看坐在身边的我,好像注意到了什么。

"千鹤奶奶,生日快乐。"

只找到一把叉子。

正在碗柜里摸索时,一辆车从门前的狭窄道路上缓缓驶来。我不再找叉子,隔着洗碗池上方的窗户,盯着那辆车。

是出租车,车里有三名乘客。副驾驶上坐着个大婶,后面是个大叔,旁边是个戴墨镜的年轻人。

本以为会这样开过去,没想到,车子慢慢向后倒,正好停在这栋房子的正门前。糟了。

我想躲进壁橱。把手放在拉门上的那个瞬间,不知为何,突然有了不要藏起来而是出去见人的想法。

不过,还是躲起来吧。改变主意时,大门口的拉门已经哗啦哗啦打开了,我赶紧打开离自己最近的那扇门,慌慌张张地从里面上了锁。

"你好——"

"多危险啊，总是不锁门吗？"

"没什么好偷的呀。你好——妈妈——"

"是不是睡着了？"

"打扰啦。啊，在呢在呢。你好，妈妈，生日快乐。"

"看着挺困的。"

"知道吗？今天是你的生日。来，这是鲜花，很漂亮吧？"

"妈，你知道'米寿'吗？"

"'米寿'哦，妈妈，你可真长寿啊。今天，干雄也来了。"

"奶奶，好久不见。"

"把墨镜拿下来。"

"嗯，好，说得对，妈妈。我是干雄，您很想见我吧？怎么样？我是不是变帅了？"

"真啰唆。"

"还差点意思,是吧。"

"话真多。"

"快要变帅啦,哈哈哈。"

"你怎么那么烦。"

"妈妈,干雄前天给眼睛动了手术,你看,变成双眼皮啦,是不是?"

"还肿着呢。"

"好好给奶奶看看。"

"还肿着呢。"

"听说消肿需要两周时间,不过,效果还不错。"

"不怎么样。这样下去,试镜肯定会落选的。"

"别说这种话。"

"妈妈,这孩子要当偶像歌手了。"

"戴墨镜去试镜怎么样?"

"那特意做双眼皮还有什么意义?"

"是吗。"

"真讨厌，这周再不消肿，我就麻烦了，真的。"

"别老想坏事，这种想法会全部显露在脸上，专业人士能看穿这一点。"

"我知道。"

"妈妈，干雄下次一定能通过试镜，请支持他。"

"我去佛龛前祈祷一下。"

"啊，拿上这个，供品。"

"家里比想象的要整洁啊。"

"是吗？"

"比咱家的阁楼还干净，不是吗？"

"护工帮着做的。"

"既然这样，松江那边家里也能有这水平吧？"

"不可能，宏美知道了会生气的。真是的，那是别人家的事。"

"我去拜拜。"

"线香还有吗？"

"啊，没烧香，我去烧。"

"待会儿再说吧。"

"不，我去上香。上完香，许愿。"

"一会儿再说，先把寿司吃了。"

"哎呀，这蛋糕是怎么回事。干雄，你要吃吗？"

"不要。"

"会长痘痘，所以，不需要。"

"你真烦。"

"哎呀，妈妈，你要去哪儿？哎，等等。"

"是要上厕所吧？"

"妈妈，你要上厕所？能行吗？"

"没问题吧，平时不都一个人生活吗。"

"我会拜拜。"

"随你的便。"

我悄悄把门打开，让千鹤奶奶进来。

千鹤奶奶抓着扶手，自己把裤子和内裤脱下来。

尿完尿后，待在这里，休息了一会儿。

厕所里充满了阳光。千鹤奶奶的脸上，皱纹比平时更多了。

　　我问千鹤奶奶，你愿不愿意来我家？

　　听罢，千鹤奶奶微微一笑。

　　"现在就走。"

　　千鹤奶奶点了点头。

　　"从这里过去，要花一个小时左右。"

　　这话的意思是，以千鹤奶奶的脚程来衡量。

　　"我家又窄又暗又脏。"

　　比在千鹤奶奶家的壁橱里要好。

　　"家里还有个老爸。"

　　即便如此，似乎也无所谓。

　　"……明白了。"

　　我下定决心。

　　我打开门，小心翼翼地来到走廊上。走到大门口，先把手推车推到外面。

　　家里人似乎没有注意到这边。她刚上完厕所，也没什么东西可留恋。

"好，走吧。"

站在大门口回头看走廊，那一瞬间，简直不敢相信自己的眼睛。

千鹤奶奶凭借着自己的力量站在那里，没有扶东西，也没有靠墙。

"千鹤奶奶，你能直起腰了！"

她站在走廊上，笑眯眯地看着我。

"啊！不行，不能动。"

稍微一动，就会失去平衡，摔倒在地，可能会受伤。

"太危险了……哎，站着就行。"

千鹤奶奶的右手指尖稍微动了动。

"不行，别动。"

千鹤奶奶的右脚尖稍稍刮了刮走廊的地面。

"不行，听话，站住了。"

千鹤奶奶的细微动作姑且不论，就连空气的震动都令人感觉恐惧。我的声音和呼出的气息似乎轻而易举地击倒了千鹤奶奶那瘦小的身躯。

我俩默默地对视着。

过了一会儿，千鹤奶奶脸上的笑容消失了。小小的、满是白发的脑袋慢慢转向干雄他们所在的方向。

"停，站着就行。"

千鹤奶奶再次艰难诉说着，说自己尚且能挺直腰。

"就这样，站住了。"

我决定不再说话。为确保千鹤奶奶不再倒下，我屏住呼吸，不让自己发出一点儿声响，小心翼翼地走出玄关。

转过第一个拐角，就算来到儿童公园旁，我依然没有发出任何声音。经过超市后，我终于跑了起来。

解说

町田康

有时，会听到歌手或是谁在电视上说"我想给人勇气和力量"之类的话，每次听到，我都很高兴。

　　为什么高兴呢，因为自己缺乏勇气和力量，因此，屡屡遭受悲伤和痛苦，经常被人耍得团团转。能获得这样的勇气和力量，是多么难得的一件事啊。

　　于是，我端坐在电视机前，听这位值得赞许的人唱歌。可是，不知为何，大多数情况下，我提不起勇气，也无法涌现出力量。非但不会，有时，还会涌起强烈的怒火，回过神来，对着电视咒骂："这歌毫无价值，别唱了，白痴！"

　　之所以会这样，是因为勇气和力量这东西不是那么容易就能给予别人的，也不是轻易就能接受的东西。

这时，黑暗中浮现出一个男人。他身穿立领上衣，留着和尚头，体格魁梧，眼睛滚圆。他说："不，没有的事。优秀的艺术确实能带给人勇气和力量。最好的例子就是我。我独自一人来到东京，在日式点心店当学徒，这是件好事，但当我遇到瓶颈时，我便完全失去了自信，甚至想过'干脆当个流氓吧'。就在那时，我读了轰一老师的《屯田的青春》。这本书，不知道给了我多大的勇气，带给我多大的力量。正因有过那样的读书体验，我才有了这样的身份。"

男人瞪着滚圆的眼睛，丢下这句话，又消失在黑暗中。可是，男人看起来并不像自己说的那么有身份，也没看出哪儿充满勇气和力量了。这是什么意思呢？意思是，男人觉得自己接受了勇气和力量，可实际上，他并没有得到这些东西。那么，为什么他觉得自己接受了一些他根本没有接受过的东西呢？这是因为，"接受了勇气和力量"是被设计出来的，为了让读者深信这一幕，就要按照设计规划制作出这一幕。

很多东西都是被这样创造出来的，很多人都有这样的感觉。从中获得勇气和力量，这是一件非常好的事情，因为很多人在现实中经历过程度颇深的难堪与疲累才勉强活了下来。没有这样的慰藉和鼓励，人很难坚持下去。

然而，正因如此，它并不会作为真正的勇气和真正的力量储存在人们体内，那是一种转瞬即逝的心情。换句话说，那不过是种"被赋予了勇气和力量"的错觉。

此外，若设计图是正确的还好说，如果设计图是错误的或是拙劣的，就会像前面所说的那样，我只想咆哮。

那么，"带给人勇气和力量"是无法实现的事吗？我觉得确实不能。这是因为，在"企图给予人勇气和力量"的前置阶段，这份心意就会沦为刚才所说的替代品。

不过，人确实能够从别人创造的东西中获得勇气和力量。或者说，获得的不是勇气和力量，而是其他难以用简单的语言来表达的东西。人们会切实吸取这些东西，坚实地把它们留在自己心中，并对以后的人生产生影响。届时，被创造出来的东西是什么样的？例如，如果它是小说，应该怎么写？那些虚构的内容，必须写成勇气、力量或其他东西，写成它们本身。以此为例再举一个例子，我认为，它就是本书《这里是亚美子》。

《这里是亚美子》带给人很多剖面，带给人多种阅读角度，带给人不同的感受，这就是这部小说的精彩之处。它的看点之一就是，如果这个世界上真的存在专一的爱和专一的某种东西，它会以怎样的形式出现？在这个世界上，什么样的人可以一心一意地去爱？那种一往情深的爱对这个世界有什么用？这个世界会怎样对待用情专一的人？

这些都写在小说里了。比方说，"在这个世界上，什么样的人可以一心一意地去爱"，关于这个问题，答案是"生活在这个世界上的普通人是做不到的"。

为什么呢？因为世界上有各式各样错综复杂的利害关系，活在这个世界上，你自己也会进入这种利害关系，成为人际关系网的一部分，这会对一往情深的爱产生阻碍，因此，想要一心一意的爱，必须置身事外。但是，达成"出世"是很困难的一件事，所以，大多数情况下，人不会一门心思地去爱，而是与其他事物保持适度平衡，爱别人，也由此被人所爱。就是说，几乎所有人都不会一心一意地去爱。一心一意地去爱的人，必然是在这个世界上没有容身之处的人。

确保自己在这个世界上有立足之地，同时，宣称自己能够一心一意地去爱，这是在撒谎。可以说，保持这个状态，对普通人而言是极其残酷的事态。这个状态，与"那种一往情深的爱对这个世界有什么用"相关联。

专一的东西本身就是一种力量。对于活在这个世界上的、想要抓住希望这个词所带来的类似希望的东西、想要抓住希望的一角的人来说，这种力量，令人无法忍受。专一的爱可以将这些东西连根拔起，接受此等专一的爱的人自然也无法忍受，会被慢慢逼入绝境。

听上去，专一之人似乎拥有无可匹敌的能量，不过，既然是一心一意的爱，且是纯洁的，那么，在语言上，它作为"善"立足于这个世界，对它进行卑劣的否定，就是自我否定。为此，我们必须忍耐。但是，当我们被专一的东西逼到走投无路的时候，为了保护自己，世界会把它驱逐出去。在达成这一状态前，专一的东西会受到社会的嘲讽辱骂，会暴露在好奇的目光之下，还可能挨揍。

但是，在这种情况下，专一的东西不会承受直接伤害，会通过特殊回路接收来自这个世界以外的某种伤害。

专一的人若是遭受来自这个世界的伤害，会试图通过自己的经验教训来传授世间真理，献上自己，承受并守护这个世界的矛盾，认真面对它，表现出那份温柔。为何这么说？因为专一之人没有相匹配的语言能够描述，由此产生的悲伤，会让专一之人多少掺杂些别的什么。

这样一来，所谓"专一之人"，没错，的确是指亚美子。哟，这个亚美子，可真是个特别的人呐——估计很多人会这么想，其实不然。读了这本小说之后，我们会发现，有一种难以用简单的语言来表达的东西真真切切地留在了我们心里。我们能够感受到生活在这个世界上的人们的全部悲哀。我们会意识到，所有情景都有意义，它们相互关联，从外部描绘了每一个生活在这个世界上的人的姿态。

为什么只有这本小说会这样呢？

或许是因为，它不是为了给予谁或什么而写，而是为了更大的、更难以理解的东西而写。《野餐》既无情又伤感。离幸福的母亲十万八千里的人们，她们信仰既崇高又悲惨。《千鹤奶奶》也是从相反方向做出的描写，这个世界里人们语言和动作都非常笨拙，不自然，但又让人觉得，我们实际上就是这个样子。

眼下，我们能读到的今村夏子的小说只有这三篇。不过，我认为，假以时日，每一篇都会变成超越时代的名作。

(町田康／作家)

『不可能』之人

「ありえない」の塊

穂村弘

主人公亚美子没了三颗前齿。不可能，我心想。毕竟，21世纪的日本女性仅仅因为脱毛不彻底就会被人摇头拒绝。亚美子不知道自己单恋了将近十年的男孩姓什么，不可能。我连一个从未见过面的艺人家的狗叫什么都知道。

亚美子是"不可能"之人。在金鱼的墓地旁建弟弟的墓地，这种直入人心的观感使人联想到《长袜子皮皮》。但是，那是在童话里，皮皮拥有一种武器——力大无穷世界第一。亚美子什么都没有，只是一个活生生的女孩子。一个不能和大家一样生存在这个世界上的灵魂想要和大家一样活生生地生活在这个世界上的时候，世界就会变成地狱。

不出所料，亚美子无法正常生活。被孤立，被霸凌，被家人隔离。但是，本人好像连当时到底是什么状况都不太清楚。

　　然而，随着阅读的深入，奇妙的事情发生了。我发现，自己开始憧憬那样的亚美子。胡说八道，不可能。

　　为了在现代社会中"有可能"，我把意识与各种事物相匹配。"现场的气氛"啦，"效率"啦，"能行得通"啦，等等。这个过程很辛苦，但我觉得，不这样做就活不下去，所以，要尽可能地坚持下去。

　　不要忘记纪念日，衬衫下摆要好好露出来，担心一下酒会的座次问题……突然，我感到不安。做做这些，人的一生就结束了，不是吗？这也太奇怪了。重要的事情好像能想起来但又想不起来。只是瞧着名叫亚美子的"不可能"之人，我就涌出了勇气。"脱轨吧！"幻象般的声音传入耳膜。

　　但是，我好怕。亚美子不害怕吗？毕竟，世界上只有她一个人被流放到了小岛上。

随着故事的进一步发展，亚美子越是破碎不堪，我就越觉得，某种东西变得生动起来。在"这里是亚美子"的呼唤下，超越年龄和性别的奇怪朋友们的身影若隐若现。以没了门牙的亚美子为中心，一个崭新的世界即将诞生。

首次出版《朝日新闻》二〇一一年三月二十日

（穗村弘／歌人）

饙工厂®

出品人：许　永
责任编辑：许宗华
特邀编辑：张　洋
　　　　　何青泓
封面设计：墨　非
内文设计：万　雪
印制总监：蒋　波
发行总监：田峰峥

发　　行：北京创美汇品图书有限公司
发行热线：010-59799930
投稿信箱：cmsdbj@163.com